KB188920

아픈데 괜찮을 리 없잖아요

# 아픈데 괜찮을 리 없잖아요

젊은 유방암 투병자의 자기돌봄 기록

초 판 1쇄 2025년 03월 25일

지은이 정은혜
펴낸이 류종렬

펴낸곳 미다스북스
본부장 임종익
편집장 이다경, 김가영
디자인 임인영, 윤가희
책임진행 이예나, 김요섭, 안채원, 김은진, 장민주

등록 2001년 3월 21일 제2001-000040호
주소 서울시 마포구 양화로 133 서교타워 711호
전화 02) 322-7802~3
팩스 02) 6007-1845
블로그 http://blog.naver.com/midasbooks
전자주소 midasbooks@hanmail.net
페이스북 https://www.facebook.com/midasbooks425
인스타그램 https://www.instagram.com/midasbooks

ISBN 979-11-7355-157-4 03810

값 19,500원

미다스북스는 다음세대에게 필요한 지혜와 교양을 생각합니다.

# 아픈데
# 괜찮을 리 없잖아요

젊은 유방암 투병자의 자기돌봄 기록

정은혜 지음

미다스북스

## 프롤로그

  아이가 있는 부모이거나 출산을 계획하고 있는 사람은 안
다. 한 생명이 탄생하기까지 얼마나 많은 준비가 필요한지.
아이를 열 달 동안 품어야 하는 엄마는 준비할 게 특히 많다.
엄마가 되기 위해 산전 검사로 건강 상태를 확인하고 임산부
에게 필요한 영양제를 미리 복용한다. 엄마는 건강한 신체를
만들면서 아기를 만날 날을 기다린다. 임신한 후에는 아기가
배 속에서 잘 클 수 있도록 음식을 가려가며 먹고 좋은 생활
습관들을 몸에 익힌다. 열 달 동안 아이를 품으며 몸의 변화
를 받아들이고 산고를 치른다. 아이를 만나기 위해 육아용품
을 사는 준비는 극히 일부에 불과하다. 부모로서 한 생명을
탄생시키고 아이가 성인으로서 성장하기까지 정신적, 물질
적 노력을 게을리하지 않고 보살핀다. 부모는 지극 정성으로
아이를 돌보면서 아이가 한 사람으로 독립할 수 있도록 준비

시킨다.

 나는 어느 날 갑자기 암 환자가 되었다. 본인이 암 환자가 될 거라고 예상하는 사람은 없을 것이다. 나 역시 그랬다. 아이의 탄생만큼이나 중요한 것이 사람의 생이 지속되는 것이다. 내 삶이 지속될지, 멈출지를 생각하며 불안과 두려움에 떨어야 하는 시간을 젊은 나이에 받아들여야 했다.
 살면서 본인에게 올 질병을 미리 알고 준비하는 사람이 얼마나 될까. 예고 없이 암 환자가 되고 보니 배워야 할 게 많았다. 알아야 할 게 많았다. 아이를 보살피기 위해 육아를 배워가듯 암 환자가 되고서는 암과 암을 겪는 나에 대해 알아가는 시간이 필요했다. 그렇게 암에 대해 알아가면서 내 삶을 지키기 위해 애쓰는 순간들이 쉬운 과정은 아니었다. 젊은 나이에 생각해 보지 않은 큰 질병은 몸과 마음에 상처를 남겼다. 동시에 평화로운 일상의 소중함을 일깨워 주었다.

 암은 일상의 귀중함을 알게 했고, 살기 위해 작은 일에도 놓치지 않고 웃음 짓게 했다. 사람들은 잘 웃으면 아픔이 없는 줄 안다. 밝게 웃음 짓는 사람은 아픔이 없는 사람이 아니다. 아픔을 잊은 사람이 아니다. 환하게 웃는 사람은 아픔을 알고 행복을 아는 사람이다. 아픔이 너무 깊어 누리고 있는 행복의 고마움을 아는 사람이다. 상대가 환하게 웃으면 아픔이 없는 줄 오해하기도 한다. 슬픔이 있었더라도 잊었다고 생각한다. 때론 사라지지 않는 아픔도 있다. 아물지 않는 상처도 있다. 슬픔을 밑바닥에 묻어두고 감추었기에 남들 눈에 보이지는 않겠지만 사라진 건 아니다. 현재에 감사하며 환하게 웃는 얼굴에 가려졌을 뿐이다.

대부분의 사람이 생애 주기에 맞춰 삶을 살아간다. 때에 맞게 학교에 다니고 직업을 가진다. 사랑하는 사람을 만나 결혼하고 부모가 된다. 하지만 질병은 정해진 시기에 맞춰 모두가 겪는 경험이 아니다. 첫사랑의 가슴 설렘은 살아가며 누구나 알 수 있지만 암에 걸려 암담하고 애통한 감정은 모두가 알지 못한다.

암으로 인해 외롭고 소외된 감정은 암을 겪은 사람들 모두가 느끼지만, 건강한 사람들 틈에서 솔직히 꺼내지 못하는 마음이다. 원하지 않은 질병에 걸려 원하지 않는 감정을 느끼며 상처받아야 했던 사람들에게 위로가 되길 바라는 마음을 담아 책을 썼다.

나의 마음을 터놓을 곳이 없는 데서 오는 외로움. 불편하고 불행한 기분을 느껴야 하는 외로움. 이 책을 읽는 동안만이라도 나만 겪고 있는 것 같은 외로움에 벗어나길. 내 글이 마음에 닿아 질병의 아픔과 상처에서 조금은 덜 외롭기를 간절히 바란다.

2025년 봄
정은혜

:

# 1장

# 유방암 진단,
# 한순간에 삶을
# 부정당하다

:

# 가슴에 멍울이 만져진
# 어느 날

"정말 그럴 때가 있을 겁니다. 어디 가나 벽이고 무인도이고 혼자
라는 생각이 들 때가 있을 겁니다."

- 이어령, 「정말 그럴 때가」에서

 왼쪽 가슴이었다. 첫째 아이 출산 후 모유 수유를 하며 퉁
퉁 부은 왼쪽 가슴. 유선이 막히지 않고 모유가 잘 나오도록
일주일에 2회씩 꾸준히 마사지를 받고 있던 터였다. 하루는
모유가 제대로 돌고 있지 않은지 왼쪽 가슴이 딱딱하고 무거
웠다. 마사지사는 유두 부분이 막혀 모유가 나오지 못해 생
긴 증상이라고 말했다. 아이에게 젖을 물리며 상처와 딱지는
반복되고 유두의 통증은 계속되었다. 민감해질 대로 민감해
진 유두를 갑자기 뾰족한 주삿바늘로 찌르며 막힌 부분을 뚫
기 시작했다. 예상하지 못하고 갑자기 벌어진 상황에 생각해

보지 않은 고통을 견뎌야 했다. 나는 아이 낳을 때보다 더 크게 소리 지르며 울음을 토했다.

한 생명을 책임질 용기가 있는 사람만이 출산한다고 했던가. 누군가 말한 용기에 유두를 주삿바늘로 찌르는 고통을 견딜 용기까지 포함된 건지 묻고 싶었다. 나에겐 몇 시간 같았고 누군가에겐 찰나의 순간이었을 몇 분이 흘렀다. 막혀 있던 왼쪽 가슴 유두에서 모유가 솟구쳤고, 마사지 후 가슴은 본래의 감각대로 부드러워졌다. 울고 소리 지르며 주삿바늘의 통증을 참아 낸 후 아이에게 다시 모유를 실컷 먹일 수 있었다.

그날의 통증은 어디에도 말하지 못했다. 누구에게 말할 수 있을까. 아직 결혼하지 않은 친구들에게? 멀리 떨어져 있는 친척들에게? 출산의 고통, 모유 수유의 어려움을 알 길 없는 남편에게? 이제 태어난 지 50일 된 아기에게? 겪어보지 못한 통증. 누구에게도 말할 수 없는 서러움과 아픔에 삼 일 동안 밤마다 경기 일으키듯 깨어나 흐느꼈다.

석 달 후쯤 왼쪽 가슴 유두는 다시 막혀 모유가 잘 나오지 않았다. 주삿바늘로 유두를 찌르는 통증을 한 번 더 겪어야 했다. 두 번째 고통은 가늠할 수는 있었지만 익숙해지진 않았다. 모유가 흐르는 유선에 염증을 더해 40도까지 열이 오르며 더 힘들게 지나갔다.

몇 년 후 둘째 아이를 낳고 모유 수유는 다시 시작되었다. 다행히 첫째 아이 때처럼 유두가 막히거나 유선에 염증이 생기는 일은 없었다. 모유 수유를 끝내고 단유할 때 오는 젖몸살이라는 이름의 유방통증도 없이 무난하게 지나갔다. 서른세 살에 둘째 아이를 낳고 6개월 후 모유 수유를 끝냈다. 둘째 아이 수유를 마치며 처음으로 유방암 검진을 받았다. 유방외과를 방문하여 유방 X선 촬영을 하고 유방 초음파로 검사했다. 검사 결과는 정상이었고, 나는 치밀 유방에 속한다는 말을 들었다. 유방을 구성하고 있는 지방 조직과 유선 조직 중 유선 조직이 많은 치밀 유방. 의사는 우리나라 젊은 여성 절반 이상이 치밀 유방이라고 설명했다. 가볍게 의사의 설명을 들었다. 그게 내 생애 첫 유방암 검진이었다.

1년 후, 왼쪽 가슴에 신경 쓰이는 통증이 가끔 찾아왔다. 처음 방문했던 병원에 예약하여 두 번째 유방암 검진을 받았다. 유방암은 통증이 함께 오는 경우가 적다며 의사는 걱정하는 나를 안심시켰다.

나는 그때 왼쪽 가슴에 이상이 있을 거라고 예견이라도 했던 걸까? 가슴의 찌릿한 작은 신호도 지나치지 못하고 병원으로 갔으니 말이다. 의사에게 '당신의 가슴에 아무런 이상이 없습니다.'라는 말을 들어야지만 안심이 될 듯했다. 다행히 의사는 내가 듣고 싶은 말을 해주었다. 젊은 나이에 1년마다 검진 오는 내가 예민하고 걱정이 많아 보였는지 의사는 검진 결과를 말하며 덧붙였다. 유방암은 보통 40세 이후에 2년마다 검진받기를 권장한다고. 특별한 가족력이 없다면 2년에 한 번 검진 받기를 권유했다. 여성 대부분이 40세 이후 2년마다 검진을 받는다니 나도 그러면 되겠다 싶었다. 그렇게 1년이 다시 흘렀다.

다른 사람들이 검진받는 시기라던 2년이 채 되기도 전이었다. 두 번째 유방암 검진 후 1년 5개월쯤 지난 어느 날. 샤워 후 물기를 닦는데 가슴 윗부분에 무언가 만져졌다. 유난히 도드라져 보이는 혹과 비슷한 무엇. 또 왼쪽 가슴이었다. 찌릿한 통증, 막힌 유선 때문에 염증이 생겨 고열이 나고, 그로 인해 두 번이나 주삿바늘로 유두를 찔러야 했던 왼쪽 가슴. 이번엔 포도 알갱이만 한 멍울이 잡혔다. '뭐지? 이렇게 커질 동안 왜 몰랐을까? 이거 뭐지?' 정체를 알 수 없는 기분 나쁜 멍울을 살짝 눌러보니 통증이 왔다. 유방암은 통증이 적다는 의사 말이 떠올랐다. 그 말을 믿고 싶었다. 하지만 꽤 큰 멍울이 만져지니 덜컥 겁이 났다.

검진받았던 병원에 문의하고 가장 이른 날짜로 잡은 예약은 3주 후였다. 불안한 마음으로 3주를 기다렸다. 아이들이 잠든 후 밤마다 포털사이트에 가슴 멍울을 미친 듯이 검색했다. 나의 증상은 유방암일 확률이 높았다. '1년마다 검진했는데, 왜? 아니야. 아닐 거야. 그렇지만 혹이 만져지는 대부분은 암이 맞다는데.' '맞다, 아니다.'를 속으로 수없이 반복하며 멍한 상태로 지냈다. 보이지 않는 불안은 내 마음 안에서만 몸집을 키워갔고 그 사이 병원 예약 날짜는 다가오고 있었다.

검사 당일. 세 번째로 조금은 익숙해진 유방 X선 촬영을 하고 유방 초음파 검사를 받았다. 두 번의 검사와는 다르게 의사는 조직 검사에 대해 언급했다. 얇은 바늘로 왼쪽 가슴을 찔러 뽑은 세포 조직은 국립암센터에 보내졌다. 검사 결과가 나오는 일주일 후 병원에 다시 방문해야 했다. 확률은 반반이었다. 의사는 국립암센터에 예약을 잡아두었다고 말했다. 조직 검사와 기다림. 유방암과 국립암센터. 기분 나쁜 꿈을 꾸듯 생소한 단어들만 되새겼다. 발을 떼지 못한 채 병원 대기실 의자에 한참을 멍하니 앉아 있었다. 일주일 후 이번에는 듣고 싶은 말을 들을 수 없을 것만 같았다.

"당신의 가슴에 아무런 이상이 없습니다."

내가 기다리던 그 말을.

> **#**
>
> 암 검사를 받고 결과가 나오기까지의 시간, 그동안 당신은 무슨 생각을 하셨나요?
>
> -------------------------------------------------------------------
>
> -------------------------------------------------------------------

## 2

# 부정하고 싶은 시간과
# 마주 서다

*"신이 정말 견딜 수 있는 시련만 주는 거라면 날 너무 과대평가하
는 게 아닌가 싶다."*
　　　　　　　　　　　　　　　　　　　　- 드라마 <도깨비>에서

　아이를 낳기 전, 나는 몸이 많이 찬 편이었다. 열이 많은
남편은 여름이면 내 팔과 다리를 쓰다듬으며 시원해했다. 그
럴 때마다 나는 남편이 따뜻하다며 비비적거렸다. 몸의 냉기
가 많아서였는지 한 달에 한두 번꼴로 체했다. 가방엔 늘 소
화제를 가지고 다녔다. 휴대용 바느질 도구와 함께. 수선의
용도가 아니라 체했을 때 '딴다'는 민간요법을 행하기 위해서
였다. 양쪽 엄지손가락의 검은 피를 봐야 소화가 되는 거 같
았다. 아이를 낳고 신기하게 소화불량에서 멀어졌다. 하지만
몸의 냉기는 그대로였다. 내 몸은 여름, 겨울 다름없이 항상
시원하고 찼다. 습하고 더운 동남아에 가서도 땀을 흘리지

않았다. 함께 여행 간 사람들이 땀이 날 때가 있냐고 물을 정도였다.

　나의 몸이 안과 밖이 뒤집히는 듯한, 말로 설명하기 힘든 출산의 경험. 출산 후 마디마디가 욱신거리는 관절의 변화와 육아를 하며 오는 몸의 시큰함. 아이가 14kg이 될 때까지 늘 한 몸처럼 하고 다닌 아기띠 덕분에 얻은 목과 어깨 통증. 몸을 따뜻하게 하지 않았을 때 오는 냉기. 아이를 낳은 모든 여성에게는 제각각 오는 출산 후유증이 있다. 무던하게 지내는 듯 보였지만, 사실 나는 내 몸에 관심이 많았다.

　출산 후 산후조리원에서 진행하는 마사지, 명상, 요가 등 산모에게 필요한 프로그램은 꼭 참여했다. 집으로 돌아온 후 육아하며 모유 마사지도 빼놓지 않았다. 내 몸을 살피기 위해 애썼다. 아이를 보살피듯 아이를 낳은 내 몸을 챙겨야 한다고 생각했다. 조금만 불편하다 싶으면 병원으로 달려갔다. 소화가 안 되면 위내시경 검진을 받았다. 근육통과 관절 통증도 참지 않고 정형외과, 신경외과를 방문해 부수적인 치료를 했다. 내 몸 상태를 잘 판단하고 모유 수유 후 유방외과 검진도 다녀왔다. 어찌 보면 그렇게 유난스럽게 몸을 챙겼던 내게 다소 크게 느껴지는 혹이 만져지던 날, 참 많이 놀랐다.

암일 거라고는 생각하지 않았다.

조직 검사 결과가 나오기까지 일주일의 시간은 어떻게 흘렀을까. 뒤숭숭한 마음을 애써 붙잡았다. 유두가 막혀 모유가 나오지 않아 주삿바늘로 찌른 통증을 아무에게도 말하지 못했었다. 그때처럼 유방암 조직 검사 사실을 아무에게 말하지 못하고 시간은 흘렀다. 늘 하던 대로 집안일을 도맡아 했고 남편을 내조했다. 아이들을 돌보았다. 그러고는 밤이면 유방암에 대해 검색, 검색, 검색. 암을 겪었던 사람, 겪고 있는 사람, 그들의 보호자. 입증되지 않은 수많은 정보에 하루는 울었고, 다음 날은 암이 아니길 바라는 희망을 품었다. 원치 않는 순간이든, 기다림의 순간이든 시간은 반드시 흐른다. 하루가 한 달 같았던 긴 시간의 기다림. 마음 졸이며 그냥 지나가길 바란 조직 검사를 듣는 날이 어김없이 다가왔다.

예약을 잡은 날은 하필이면 아이들이 학교와 어린이집에 가지 않는 토요일 오전이었다. 그게 가장 이른 날이었을 것이다. 아홉 살, 네 살의 어린아이들만 집에 둘 수 없어 함께 병원에 갔다. 예약 환자는 내가 마지막인 듯했다. 실낱같은 희망의 눈빛으로 앉아 있는 내게 의사는 덤덤하게 유방암이라고 말했다.

드라마 속 의사가 '혼자 왔나요? 보호자랑 같이 오세요.'라고 말하며 환자가 최대한 충격 받지 않게 검사 결과를 전하던 게 생각났다. 암을 이렇게 편하게 말할 수 있는 건가. '제가 암이라고요, 유방암이요?' 그 순간 의사에게 반문하고 싶었다. '저는 계속 검진도 받았는데요. 왜요? 나는 유방암이라고 들을 마음의 준비가 되지 않았다고요. 이렇게 갑자기 암이라뇨?' 하고 싶은 말이 목구멍까지 올라왔지만, 나오지는 않았다. 유방암이라는 의사의 말에 아무 말 못 하고 오열로 대답했다. 건너편에 혼자 앉아 눈물, 콧물이 범벅 되도록 울고 있는 내게 의사는 휴지를 건넸다.

예약한 날짜에 국립암센터로 방문하라고 말했다. 검사를 하면 정확한 기수와 치료 방향을 들을 수 있을 거라고 친절한 설명도 잊지 않았다. 치료 잘 받으라는 말고 함께. 그리곤 의사는 우느라 두 눈이 시뻘겋게 변한 나를 보고 놀랄 아이들을 걱정했다. 대기실 의자에 나란히 앉아 간호사가 틀어준 어린이 프로그램을 보고 있는 내 아이들. 천진난만하게 만화에 집중한 아이들을 보니 가슴이 미어졌다. 의사의 말대로 우는 엄마를 보고 아이들이 놀랄 수 있으니, 눈물을 참는게 그 순간 내가 해야 할 일이었다. 병원에서 나와 아이들을 차에 태우고 집으로 돌아오면서 나오려는 눈물을 눈 안으로 꾹꾹 밀어 넣었다.

　보통의 7월이었다면 휴가지를 고민했을 햇살이 뜨거운 여름. 서른여섯 살의 7월. 지금껏 보낸 7월과는 달랐다. '당신의 가슴에 이제는 이상이 있습니다.'라는 말이, 7월의 뜨거운 태양보다 내 마음을 더 애태웠다.

　이제 나는 어떻게 되는 걸까? 암이라는 말에는 죽음이라는 단어가 따라온다. 내가 사라진다면 아이들이 탈 없이 자랄 수 있을지, 남편은 어떻게 지낼지 수많은 생각들이 머릿속을 스쳐 갔다. 엄마의 보살핌과 사랑 없이 우리 아이들이 자랄 수 있다는 건가. 떠오르는 생각들을 모조리 뒤로 하고 가장 먼저 해야 할 일은 남편에게 내 병명을 말하는 거였다. 막상 말하려고 하니, 입이 쉽게 떨어지지 않았다. 2주 넘게 입을 닫고 있었다.

　국립암센터 진료 3일 전, 가까스로 용기를 냈다. 유방암으로 어머니를 떠나보낸 남편에게 무겁게 입을 열었다.

　"자기야. 나 유방암이래."

사랑하는 가족에게 병명에 대해 말해야 할 때 어떤 마음이 드셨나요?

-------------------------------------------------------------------

-------------------------------------------------------------------

아픈데 괜찮을 리 없잖아요

## 3

## 중요한 건
## 그게 아니야

"살아가다 보면 함박눈이 펑펑 내리는 계절도 있고 푸른 풀이 쫙
깔리는 계절도 있다. 행복에 겨워 미소 지을 때도 있지만 슬픔을
이기지 못해 눈물 흘릴 때도 있다. 행운의 목걸이를 손에 쥘 때도
있지만 잔인한 마수에 걸려들 때도 있다."             -한스 안데르센

미국의 심리학자 엘리자베스 퀴블러 로스는 암 환자가 진
단받고 나서 겪는 심리 상태를 5단계로 정리했다. 부정-분
노-타협-우울-수용. 기초부터 차근차근 배우기를 중요시
하는 사람이라 그런지 나는 5단계 감정도 순서대로 왔다.

설거지하고 빨래를 개키고 청소를 하면서도 생각에 잠겼
다. 그럴 때면 나는 암이 아닐지도 모른다고 부정했다. 혹 외
에는 아무런 증상도 없는데 믿기지 않았다. 오진 아닐까? 검
진 결과를 부인했다. 다른 하루는 분노가 차올랐다. 왜 나인
지, 말도 안 된다며 허공에다 화를 내고 혼자 있을 땐 억울함

에 소리를 질렀다. 답답함에 가슴을 치며 울다 '그래. 나는 그냥 평범한 사람이야. 아플 수도 있지. 믿기지 않지만 어쩔 수 없는 노릇이야.' 기가 막히게 스스로를 달래며 타협했다. 다음으론 우울이라는 감정이 찾아왔다. 그 과정은 꽤 길고 복잡했다. 다시 부정, 분노, 타협이 반복되다가 우울함이 찾아와 자리에 앉아 울어 버렸다. 조용히 눈물만 흘리다가, 큰 소리로 울다가, 꺼억꺼억 온갖 울음을 토해내다 거듭거듭 부정했다. 부정해도 변하지 않는 사실에 울화통이 치밀었다.

복잡한 단계를 거친 후엔 내게 온 암을 인정했다. 그리곤 치료받으면 나을 수 있을 거라고 스스로에게 위로의 말을 건넨다. 나는 잘할 수 있다고 격려까지 더한다. 그 순간에도 나는 없고 아이들을 위해 살아야 한다고 다짐한다. 아이들을 생각하며 살고 싶은 마음가짐도 날 위한 거라고 다독인다. 지금 내 감정을 표현할 수 있는 말은 무엇일까? 우울 단계를 거쳐 수용의 단계로 가기까지 감정의 소용돌이에 휩싸였다.

의사들과 책에서 말하는 유방암의 원인은 무엇인가? 비만, 음주, 육류, 동물성 지방 등의 섭취를 이유로 든다. 식물 단백질, 곡물, 어류, 야채 섭취로 유방암을 예방할 수 있다고 말한다. 모든 질환 예방법으로 적절한 운동, 충분한 수면을 권장한다. 건강한 생활, 바른 식습관을 유지한다고 해도 암에 걸리는 사람은 부지기수다. 그렇기에 나는 유방암의 발병 원인을 특별히 나에게서 찾으려 하지 않았다.

결혼 전에는 50kg이 넘어 본 적이 없을 정도로 마른 편이었다. 출산하고 육아를 하며 체력을 위해 주 4~5회 운동했다. 아이 낳은 후에도 키 168cm에 52kg 내외를 유지할 정도로 활동적이었고 건강했다. 비만과는 거리가 멀었다. 첫째 아이 출산 후 몇 년간 채식으로만 식단을 짤 정도로 육류를 좋아하지 않았다. 라면, 햄버거 등 인스턴트 음식은 멀리했다. 생선이나 야채, 과일을 좋아하고 하루에 2리터의 물을 마셨다. 야채를 듬뿍 넣은 해독주스를 끓여 먹었다. 해산물은 한 달 동안 물리지 않고 먹을 수 있을 만큼 좋아했다. 내가 가졌던 좋은 생활습관과 식습관은 수십 가지를 나열할 수 있다. 그랬다. 굳이 따지자면 유방암에 걸릴 이유보다 걸리지 않을 이유가 더욱 많았다. 정확한 원인이 무엇인지 모르기에 유방암에 걸린 이유를 나에게 돌리며 자책하는 말은 하지 않았다. 세상에는 원인 없는 일이 비일비재하다. 원인과 이유 없이 좋은 일이 생기고 나쁜 일이 반복된다. 암 발병 원인이 스스로에게 있다고 해도 그때 상황에서 달라질 건 없기에 원인을 찾아 자책하는 건 무의미한 일이다. 내 정신 건강을 위해서도 불필요하다.

유방암의 다른 원인으로 알려진 여성호르몬 노출 기간. 이른 초경, 늦은 폐경, 출산의 여부 역시 관련이 있다고 한다. 초경의 시작과 폐경 시기는 여성의 몸에서 자연적으로 이루어지는 생리적인 현상이기에 조절하기 어렵다. 초경이 빠른 사람도 늦은 사람도 유방암을 진단받는다. 70~80대 여성들은 초경의 시기가 지금보다 현저히 늦었다. 출산의 경험도 현대인들보다 많은데 유방암을 진단받는 것을 어떻게 설명해야 할까? 모유 수유 기간이 길수록 유방암에 걸리지 않는다고 하지만 여러 아이를 출산하고 모유 수유를 오래 한 사람도 유방암 진단을 받을 수 있다. 유방암의 원인이라고 알려진 대부분의 이야기가 일정 부분 영향이 있을 수는 있겠지만 무조건적인 이유는 될 수 없다. 이것저것 따져보면 유방암과 연관이 없는 것이 없다. 모든 암이 마찬가지다.

원인이 가족력에 있다고 해도 달라지는 건 없다. 건강과 질병을 나에게 준 부모는 혼자 태어난 게 아니다. 그들 역시 부모에게서 받은 유전자이고 그들의 부모도 조상에게서 이어받았을 뿐이다. 대물림 된 유전자를 바꾸기란 불가능하다. 좋은 것만 주고 싶지, 후손에게 질환을 물려주고 싶은 조상이 어디에 있을까. 좋지 않은 유전자를 물려받은 후손이 왜 하필이면 나인지 억울한 마음이 드는 건 어쩔 수 없다. 하지만 그렇게 원망해 봤자 마음만 힘들고 상황은 달라지진 않는다. 원인을 찾아가며 자신을 괴롭힐 이유는 없다. 암 발병 이유보다 중요한 건 절망하지 않는 마음이다. 원인을 찾기보다는 희망을 품고 극복할 방법을 찾아야 한다.

두 아이를 출산하고 둘 다 모유를 먹였다. 몸에 좋은 음식들을 먹으며 꾸준히 운동했다. 그런 내게 남편은 자기 몸을 끔찍하게 생각한다며 100살까지 살 거냐고 묻곤 했다. 어이없게도 나는 36세에 유방암을 진단받았다. 원인과 상관없이 때로는 결과만 남기도 한다. 그런데 원인을 따지는 것이 무엇이 중요한가.

#

유방암의 원인에 대해 고민해 본 적이 있으신가요?

---------------------------------------------------------

---------------------------------------------------------

# 안젤리나 졸리가 알려준
# 유방암 유전자

"나는 평범하게 행복하고, 평범하게 화내고, 평범하게 슬프고, 평범하게 건강한 사람이 되고 싶었다."

- 이연, 『암과 살아도 다르지 않습니다』에서

할리우드 톱스타 안젤리나 졸리. 2013년 그녀는 '예방적 유방절제술'(유방암 걸리기 전 미리 양측 유방을 절제하는 수술)을 받았다는 사실을, 〈뉴욕타임스〉를 통해 알렸다. 그녀의 이런 행보는 대중적으로 유방암을 알리는 계기가 되었다.

그런데도 유방암에 대해 알지 못하는 사람은 많다. 나 역시 유방암을 진단받기 전까지 자세히 알지 못했다. 유방암에 대해서는 몰라도, 안젤리나 졸리가 유방암 예방 차원에서 가슴을 절제한 이야기는 우리나라에서도 대부분의 사람이 알 정도로 유명하다. 안젤리나 졸리의 수술 사실은 알았지만 수술

이유는 몰랐다. 당시에는 나와 전혀 상관없는 일이었기에.

　유방암과 난소암을 일으키는 유전자 변이 'BRCA.' 병원에서 만난 유전자 검사 담당자는 BRCA 유전자 검사 진행을 설명하며 안젤리나 졸리의 가족력을 이야기했다. 그녀의 엄마는 난소암으로, 이모는 유방암으로 세상을 떠났다. 그녀는 'BRCA 1' 유전자를 가지고 있어 유방암과 난소암 예방을 위해 가슴과 난소를 제거했다. 검사 담당자는 안젤리나 졸리 가족력을 언급하며 유방암, 난소암 발병자가 가족 중에 없어도 40세 이전에 유방암에 걸린 경우에는 검사를 해봐야 한다고 말했다. 이른 나이에 유방암에 걸린 경우 유전자를 가지고 있을 확률이 높기 때문이라고 덧붙였다. 유전자 변이가 일어난 염색체 번호에 따라 'BRCA 1', 'BRCA 2'로 나누어진다. BRCA 1 혹은 BRCA 2 유전자를 가진 경우 평생 유방암에 발병 확률이 80% 이상 된다고 하니 굉장히 높은 수치다. 변이 유전자 보유에 따라 예방 차원에서 양쪽 가슴을 절제하고 난소를 제거해야 한다는 설명을 들었다. 가족 중 유방암이 많다고 해도 BRCA 유전자가 없다면 유전성은 아니라고 했다. 내 친척, 가족 중에 유방암과 난소암 환자는 없었다. 검사 결과를 기다리며 BRCA 유전자를 가졌을 거란 생각은 전혀 하지 않았다.

암이 아닐지도 모른다는 예상이 빗나간 것처럼 검사 결과 역시 내 예상과 달랐다. 나의 조상 중 누군가 BRCA 2 유전자를 내 몸에 남겨 자기 후손임을 증명하고 싶었던 걸까. 암을 진단받았을 때처럼 머릿속이 하얘졌다.

어느 날, 진찰실에서 BRCA 2 유전자에 관해 설명하는 의사 앞에 나는 아무 말 없이 앉아 있었다. '유방암 진단과 BRCA 2 보인자.' 계속되는 충격에 할 말을 잃은 나에게 의사는 설명했다. BRCA 보인자는 유방암에 이어 난소암 발병 확률도 40~50%이기에 난소 제거를 권유한다고. BRCA 1은 40세 이전에, BRCA 2는 45세 전에 난소를 제거하면 암이 발병되지 않도록 도움을 준다고 강조했다. 설명을 들으며 짧게 '아, 네. 아, 네.'만 반복하는 내게 의사는 수술까지 아직 시간이 있으니 생각해 보라고 말했다. 그리고선 몇 년 동안 불안하게 사느니 유방절제 수술 때, 난소 제거술을 같이 하는 게 좋을 것 같다는 말을 덧붙였다. 난소를 제거하면 난소암 발병과 유방암의 재발 위험이 적다며 수술을 권유했다.

그날 나는 아무 생각도 하지 않았다. 더 이상 생각하고 싶지 않았다. 암 진단과 더불어 닥친 현실에 기진맥진했다. 유명한 안젤리나 졸리와 내가 같은 점이 유방암과 난소암을 일으키는 돌연변이 유전자를 가진 것이라니. 마음엔 씁쓸함만 남았지만 어쩔 수 없는 노릇이었다.

나는 어떻게 해야 할까. 치료 후에 다른 암이 또 찾아올지 모를 상황이라면 다른 사람들은 과연 어떤 선택을 할까? 의사는 생각해 보라고 했지만, 나는 망설임 없이 난소 제거를 택했다. 이후에 다가올 갱년기 증상들을 알지 못했지만, 알았다고 해도 선택은 달라지지 않았을 것이다. 유방암 수술 후 재발하지 않기를 바라는 마음은 모두 같다. 다른 암이 찾아온다는 건 상상도 무서울 만큼 두렵다. 나를 위해, 그리고 함께 할 가족들을 위해 내 선택은 어쩔 수 없었고 옳았다고 믿는다.

안젤리나 졸리는 〈뉴욕타임스〉와 진행한 인터뷰에서 자기 생각을 밝혔다.

"10여 년 동안 암 투병 끝에 56세에 돌아가신 어머니와 같은 상황을 겪고 싶지 않았다. 가슴과 난소를 절제했지만, 여전히 난 여성이며 나 자신과 가족을 위해 내린 이 결정이 타당하다고 생각한다. 내 아이들은 이제 '엄마가 유방암으로 죽었다.'라고 말할 일이 없어졌다."

나의 결정으로 내 아이들 역시 '엄마가 유방암으로 죽었
다.'라고 말할 일이 일어나질 않길 바란다. 이제 안젤리나 졸
리와 나의 공통점은 암을 유발하는 돌연변이 유전자를 가진
것만은 아니다. 가족을 사랑하고 오랜 시간 그들 곁에 있고
싶은 엄마라는 사실도 하나 더 생겼다.

---

**#**

당신이 유방암과 난소암을 일으키는 돌연변이 유전자를 가진 안
젤리나 졸리였다면 어떤 선택을 하셨을까요?

-------------------------------------------------------------

-------------------------------------------------------------

---

아픈데 괜찮을 리 없잖아요

$$\boxed{5}$$

# 위로일까,
# 자기 위안일까?

"어떤 사람은 자기보다 열등한 사람만 찾아 헤맨다. 상대적으로
나은 자신을 정의하고 싶기 때문이다. 이들은 항상 주위를 두리번
거린다.

– 신고은, 『잘하고 싶어서 자꾸만 애썼던 너에게』에서

언제부턴가 '꽃길만 걷길 바란다.'는 문구를 흔히 볼 수 있
다. 우리의 삶이 꽃길로만 되어 있지 않다는 걸 알고 있기에
더욱 눈에 띈다. 살다 보면 찔리고 상처가 남을 걸 뻔히 알면
서 꼭 가야 하는 가시밭길이 있다. 때로는 원하지 않는 질퍽
질퍽한 진흙탕 흙길도 견뎌야 한다. 힘든 길을 지난 후 향기
로운 꽃길이 기다릴 수 있겠지만 삶에서 어떤 길이 펼쳐질지
는 아무도 예측할 수 없다. 앞으로 펼쳐질, 알 수 없는 길을
걸어가야 할 때 옆에서 해주는 누군가의 진정한 위로와 응원

은 큰 힘이 된다. 그러나 어떠한 위로는 부담으로 다가온다.

심리상담사가 진행하는 영상에서 본 한 사연이 기억에 남는다. 사연자는 친구 A에게 안 좋은 일이 있다는 사실을 친구 B에게 들었다고 했다. 바로 친구 A에게 전화해 좋지 않은 일에 대해 유감의 뜻을 보이고 위로의 말을 전하면서 대화를 마쳤는데, 친구 A는 사연자 연락처를 차단했다고 한다. 사연자는 다른 친구에게도 비슷한 위로의 말을 전하고 이런 식으로 차단당한 적이 있다고 말했다. 사연자는 순수한 마음으로 친구를 위로한 것뿐인데 왜 두 번이나 차단당해야 했는지 억울하다고 호소했다.

가족의 죽음, 견딜 수 없는 슬픔, 해결되지 않는 어려운 상황 등 힘든 일에 처했을 때 대부분 가까운 사람들과 조용히 지내길 원한다. 혼자만의 시간이 간절할 때도 있다. 누군가와 소통하는 자체가 힘에 부치는 탓이다. 자신의 마음을 다독일 여유조차 없기에 다른 사람의 위로를 받아들일 여력이 없다. 친절을 베풀기 위해 위로하는 마음에도 감사하는 에너지를 써야 한다. 진정 누군가를 배려할 줄 아는 사람이라면 상대의 마음이 안정되어 담담하게 자신의 아픔을 말할 수 있을 때까지 기다린다. 기다릴 줄 아는 사람은 섣부른 위로가 시답잖은 간섭과 참견으로 비칠 수 있다는 걸 아는 사람이다.

아픈 사람에게 '오늘은 어떠냐? 괜찮냐? 컨디션은 좋으냐?' 매일 전하는 안부는 매일 응답해야 하는 부담을 준다. 위로의 말이 '젊은 나이에 일찍 암에 걸려 견디기 쉬울 거야.' 라면 뜻을 고민하게 한다. '누가 너와 같은 암에 걸렸는데 매우 힘들다고 하더라.' 넌지시 건네는 말은 의도를 파악해야 하는 수고가 든다. 어떤 뜻이 뒤섞여 있는지 알 수 없게 만든다. 예측할 수 있는 건 이제 내 아픔도 다른 곳에서 누군가의 이야깃거리로 전락할 수도 있다는 것이다. 가벼운 언어 속에 나를 위로하고 싶다는 순수한 마음이 조금이라도 있길 바라며 그 뜻만 어렵게 걸러 듣는다.

암을 진단받은 사람에게 위로라고 하는 말이 '착한 암, 순한 암'이라면 상대의 아픔을 제대로 보고 있지 않은 것이 뻔하다. 악당이 모여 있는데 착한 악당, 순한 악당 나눌 수 있는가. 악당이 착할 수 없듯이 생명을 위협하는 무서운 암은 착할 수 없으며 순할 수 없다. 암은 그냥 암일 뿐이다. 상대의 아픔을 깊이 생각하지 않고 하고 싶은 말을 위로라고 포장할 때 잘못된 언어를 사용하는 실수를 한다.

빈 수레가 요란하고 빈 깡통이 시끄러우며 가벼운 마음이

어지럽다. 진정한 위로의 마음을 전하고 싶은 사람이라면 상대의 아픔이 가라앉을 때까지 기다린다. 어설픈 위로의 말 대신 상대가 어지럽지 않도록 가만히 기댈 수 있는 든든한 나무가 되어준다.

위로는 쉽고 축하는 어렵다고 한다. 도서 『불안』에서 알랭 드 보통은 가장 견디기 힘든 성공은 가까운 친구들의 성공이 라고 말한다. 가까운 이에게 하는 축하가 어려울 수밖에 없 다는 걸 알려준다. 나와 같은 자리에 있던 사람이 성과를 이 뤄 자신보다 높은 위치로 올라간다면 순수한 마음으로 축하 하기 어렵다. 위로는 같은 위치에 있는 사람이 나보다 한 단 계 내려간다고 생각하기에 말하기 쉽다. '내가 쟤보다는 낫 지. 쟤보다 나은 게 하나는 생겼다. 내가 아니라 다행이다.' 잘못된 위로는 안도의 얼굴을 감추고 상대를 바라본다. 측은 하게 바라보는 눈빛은 위로와 자기 위안 사이에서 아슬아슬 하게 줄타기한다. 위로를 받는 사람은 알 수 있다. 진심이 담 긴 위로인지, 아닌지.

배려 없이 건네는 위로는 상대를 생각하기보다 자신을 위 한 경우가 많다. 어설픈 위로 속에 상대는 자신의 위로가 필요한 사람이라는 전제를 둔다. 자신이 상대보다 나은 사람이라 위로의 말을 전할 수 있는 사람이라고 착각한다. 상대는 자신보다 안 좋은 상황에 부닥쳐 있기에 자신의 친절이 필요하다고 믿는다. 상대방의 힘든 상황은 보지 않고 자기 생각에만 믿음이 있기에 상대가 바라지 않는 위로를 한다. 자신은 남을 위로하며 친절을 베푸는 좋은 사람으로 남길 바라는 마음에서다. 그런 위로는 과연 누굴 위한 위로인가.

앞서 말했던 사연자가 친구의 마음을 조금이라도 헤아렸다면 바로 친구에게 연락했을까? 마음이 힘든 친구의 입장을 이해하는 게 먼저다. 아무리 순수한 마음이라도 친구가 말하기 전에 아픔에 기다렸다는 듯 빠르게 전하는 위로는 의미가 퇴색되고 만다. 조금 더 깊이 생각했다면 친구를 멀리서 응원하고 나중에 마음을 전해도 늦지 않다는 걸 알았을 것이다.

암을 진단받고 주위에서 여러 위로를 받았다. 누군가는 내 소식을 듣고 한걸음에 달려와 나를 안고 눈물 흘렸고, 어떤 이는 놀람과 슬픔에 말을 잇지 못했다. 내 아픔에 아무 말 못하고 행여 부담될까 멀리서 조용히 응원하고 걱정해 주는 이들도 있었다. 다른 이는 재촉하듯 매일 내 안부를 물었고, 또 누군가는 호기심만을 가지고 궁금해하기도 했다. 나를 위로하며 위로하는 자신의 모습에 취해 좋은 사람이 되고 싶어 하는 사람도 봤다.

아픔을 겪고 보니 위로가 쉽다고는 하지만 진정한 위로는 어렵다는 걸 알게 되었다. 마음을 담아서 위로하고 싶은 사람이라면 상대의 아픔에 섣부르게 말을 얹지 않는다. 자신이 얹은 말이 상대에게 또 다른 상처로 남을 수 있다는 걸 알고 있어서가 아닐까?

**#**

누군가 위로라고 전한 말이 오히려 상처가 되었던 적이 있으신가요?

--------------------------------

--------------------------------

## 6

# 몸이 말하는
# 마음의 진실

"마음은 거짓말쟁이라 아파도 조용하죠. 그러다가 잠이 들면 그때
서야 남몰래 개소리를 내며 운답니다. 꺼이꺼이."

- 드라마 <사이코지만 괜찮아>에서

언젠가 보았던 TV 프로그램에서 한 소아과 의사가 했던
말이 떠오른다. 보호자와 함께 오는 아이들은 가벼운 주사에
도 일단 눈물부터 보인다고 했다. 아픔을 호소하고 보호자의
공감과 위로의 말을 듣기 위해 어리광을 부린다고 덧붙였다.
얼마나 멋지게 주사를 맞았는지 확인하고 인정받길 바라는
마음 때문이라고 전했다. 반면에, 보호시설에 있는 아이들은
주사를 맞아도 울거나 아프단 말을 전혀 하지 않는다고 한
다. 하나같이 씩씩하게 견디며 아무 일도 없었다는 듯이 진
료실에서 나간다고 했다. 보호시설에 있는 아이들은 어리광

을 부릴 사람도, 아픔을 알아줄 사람도 없다는 걸 알기에 고통 역시 삼킨다고 귀띔했다.

고통에 둔감한 사람은 참는 것일까, 말하지 않는 것일까?
나는 몸이 불편하면 그에 맞는 병원을 바로바로 찾아갔다. 아픈 곳은 다양했다. 정형외과, 산부인과, 신경외과, 통증클리닉, 한의원, 유방외과. 어찌 보면 건강 염려증이라고 생각할 정도로 병원에 다녔다. 여러 병원에 다니면서 검사하는 이유는 고통을 잘 참기 때문이라고 생각했다. 암을 진단받고 여러 통증에 고통을 겪고 보니 내 생각은 착각이라는 걸 깨닫게 되었다. 오히려 나는 고통 받기를 원하지 않아 큰 통증이 오기 전 미리 여러 병원을 찾아다녔을지도 모른다.
어린 시절 아프거나 상처받는 일이 생겨도 말할 곳이 없었다. 내 아픔을 나만 고스란히 느끼고 안고 있었다. 그래서 내 마음을 터놓고 이야기하는 게 낯설었다. 통증 역시 말할 곳이 없으니, 강도가 세지는 게 싫어 작은 통증으로 끝내야만 했다. 고통도 통증도 내가 받은 마음의 상처도 자세히 말할 수 없었다. 나의 아픔에 대해 말하는 건 늘 어려웠다. 나는 그냥 참거나 스스로 괜찮다고 다독였다.

공감과 위로를 바라고 어렵게 꺼낸 이야기들을 상대방이 이해하지 못한다면 더 큰 상처로 다가왔다. 반대로 누군가 내 아픔에 공감하고 함께 슬퍼해도 역시 편하지 않았다. 상대도 힘든 일이 많을 텐데 내 이야기로 아픔을 더해 준 거 같아 미안함이 차올랐다. 나만 슬퍼하고 끝내면 될 것을 누군가에게 말하고 나면 두 명이 슬퍼해야 하니 마음이 더 묵직해졌다. 여러 이유로 내 깊은 이야기를 아예 꺼내지 않기를 선택했다.

아무에게도 말하지 못하고 속으로만 담은 행동은 마음에 쌓여 고스란히 몸으로 돌아왔다. 마음이 힘들면 몸살이 났다. 불편한 마음을 가지고 식사를 하면 꼭 체했다. 속상한 일이 있으면 잠이 오지 않아 뜬눈으로 밤을 지새웠다. 마음을 속이면 몸이 괴로웠다. 마음이 신호를 보냈음에도 모른 체했으니까. 몸이 통증으로 신호를 다시 한번 보낸다. 그럼 나는 병원을 전전하고 처방받아 온 약을 먹었다. '이제 나는 괜찮아. 몸도 마음도 멀쩡해졌어.' 스스로에게 말하면서. 상처가 부풀어 터지기 전 보내는 마음의 신호를 눈치챘으면서도 거푸 외면하고 몸을 혹사했다.

안전을 위해 단단한 소라 껍데기를 집으로 삼고 사는 귀여운 소라게. 소라게의 보이는 부분은 단단하지만, 소라 안에 숨은 보이지 않는 배는 부드럽다. 소라게는 몸집이 커지면 더 큰 소라를 찾아 이동한다. 연약한 부분이 다치거나 적의 공격이 올 수도 있는 위험한 상황을 감수하고 커진 몸이 들어갈 소라를 찾기 위해 나온다. 몸이 커지면 큰 소라를 찾아 이동하는 소라게를 떠올리며 바라본다. 마음속 담아두었던 상처와 아픔들이 성숙해지는 과정으로 가기 위해 밖으로 나오길. 상대를 이해하는 좋은 사람도 만나겠지만 업신여기거나 공격하는 사람을 만날 수도 있을 것이다. 상처받는 상황을 감수하고 이야기하는 용기도 생겼으면 좋겠다. 보이지 않는 소라게의 부드러운 속살처럼 연약한 마음이 거짓을 말하지 않도록. 그리하여 몸이 편해질 수 있도록 말이다.

---

#

나도 모르게 마음을 속였을 때, 몸이 통증으로 진실을 말한 적이 있으셨나요?

------------------------------------------------------------

------------------------------------------------------------

---

# 함께하는 순간
# 웃음만 있기를

*"오늘이란 평범한 날이지만 미래로 통하는 가장 소중한 시간이야."*
*- 영화 <업>에서*

드라마 〈응답하라 1988〉에서 삼남매의 아빠로 나온 성동일은 극 중에서 어머니의 장례를 치른 후 딸의 친구인 택과 이야기를 나눈다. 어린 시절 엄마의 죽음을 일찍 겪은 최택에게 묻는다. 언제 엄마가 제일 보고 싶은지. 물음에 최택은 대답했다.

"매일요. 엄마는 매일매일 보고 싶어요."

엄마의 의미를 모르는 사람은 드물다. 한 생명을 낳아 사랑으로 키우며 어떠한 일이 있어도 같은 편이 되어주는 존재. 함께 지낸 시간과, 쌓은 추억은 제각각이지만 엄마에 대해 넓고 깊은 사랑의 감정은 모두 같다.

아이는 혼자서는 아무것도 할 수 없는 몸으로 태어난다. 혼자 옷을 입을 수 없어 체온을 유지할 수 없고, 음식을 섭취할 수 없어 생명을 이어 나갈 수도 없다. 태어나긴 했지만, 돌봐주는 부모가 없다면 살아가기란 몹시 어렵다. 아이가 기억하지 못하는 어린 시절부터 수십 년이 흘러 성인이 되어 독립할 때까지 자식을 위한 엄마의 보살핌은 이어진다. 엄마의 사랑이 담긴 보호를 통해 아이는 마음의 안정을 얻고 올바르게 자랄 수 있다. 엄마는 아이에게 가장 중요한 사람이고 항상 사랑으로 소중하게 아이를 돌보는 사람이다. 아이가 외롭지 않도록 늘 곁에 있고 보이지 않는 곳에서는 마음으로 함께 한다. 엄마는 그렇게 평생을 아이와 떼려야 뗄 수 없는 관계로 살아간다.

내 기억 엄마는 아주 어린 시절에는 있었는데 갑자기 사라졌다. 몇 살이었는지 정확히 기억할 순 없지만 대략 4~5세쯤으로 추측한다. 너무 어린데 엄마의 마지막 모습을 기억하냐고 묻는 사람도 있다. 나는 그때 무엇을 먹고 있었는지까지 또렷하게 기억한다. 내가 아기 때는 엄마가 나를 보살폈을지라도 어린 시절에는 함께 살지 않았기에 엄마의 사랑은 기억나지 않는다. 엄마의 사랑에 대해 알지 못한다는 게 더 정확한 표현일지 모르겠다. 워낙 어릴 때부터 엄마 없이 사는 삶에 익숙해져 엄마의 빈자리를 느끼지 못했다. 내 상황이 엄마와 함께 사는 평범한 가정과는 다르다는 생각은 어렴풋이 했던 것 같다. 지금 생각해 보면 어린아이에게 엄마의 빈자리를 느껴야 하는 건 슬픈 일이었다. 슬프기에 작은 마음에서 꺼내기 싫었을 수도 있다. 투정 없이 조그마한 몸에 그리움이란 큰마음을 담아 엄마의 빈자리에 채웠을 것이다. 슬픔을 견디고 살기 위해 엄마 없는 환경에 적응하려 했을 것이다. 나는 엄마 없이 자라면서도 택처럼 엄마가 매일매일 보고 싶지 않았다. 그리움도 점차 사라졌다.

암 진단 후 상상 속엔 어린 내가 덩그러니 있었다. 처음부터 엄마란 존재가 없던 것처럼 빈자리조차 느끼지 못한 채로. 상상 속에는 나의 어린아이들도 쓸쓸한 표정으로 함께 있었다. 아이들이 엄마의 빈자리를 느끼게 되는 날이 오게 될 수도 있다는 생각이 들었다. 아니, 빈자리를 느낄 수 없을 만큼 헤어지는 날이 빨리 올지도 모를 일이었다. 나와 같은 얼굴로 엄마를 그리워하는 마음을 누르고 살아갈 아이들의 얼굴이 떠올랐다. 아이들이 엄마 없는 환경에 적응하려 애쓰는 모습이 내 어린 시절 모습과 겹쳤다. 암에 대한 두려움은 나와 아이들을 떼어놓고 나와 같이 엄마의 빈자리를 바라보는 상상을 하게 했다. 엄마를 그리워할 그 마음을 담고 무던한 척 살아갈 마음을 누구보다 잘 알기에 더 애통했다.

아이를 키워보니 아이에게 엄마가 필요하지 않은 순간이란 없다. 성인이 되어서도 부모가 되어서도 노년이 되어서도 엄마는 필요하다. 엄마에게도 엄마가 있어야 한다. 태어났다면 우리 모두에게 엄마는 꼭 필요한 존재다. 온전한 모습으로 아무 이유 없이 나를 사랑해 주는 사람. 나는 엄마의 사랑을 제대로 받고 자라지 못했기에 실수투성이 엄마였을지도 모른다. 그렇다면 더 긴 시간 남아 아이들에게 온전히 사랑을 주는 것이 나의 할 일이었다. 부정하고 싶었던 암을 받아들인 후 아이들을 사랑해 주는 엄마로 오래오래 곁에 있어야겠다고 다짐했다. 버텨야 할 이유를 가지고 아이들을 바라보니 함께 있는 모든 순간이 행복으로 다가왔다.


첫째 아이, 둘째 아이 함께 발맞춰 산책할 때 들리던 까르르 웃음소리. 말이 느렸던 둘째 아이가 나를 빤히 바라보던 얼굴. 첫째 아이의 두툼한 발 모양, 킥보드를 타고 쌩쌩 달리던 모습. 둘이 함께 놀이터에서 사이좋게 그네를 밀어주던 모습. 생일 케이크 초를 서로 끄겠다고 얼굴을 밀며 다투던 모습. 맛있는 걸 먹으면 동그래지던 큰 눈, 비눗방울을 후하고 불던 귀여운 입, 피아노를 치던 작은 손.

노래가 나오는 장난감을 보며 손뼉 치던 날. 둘째 아이가 처음 미용실에 가 배냇머리를 자르던 날. 우리 셋이 스티커 사진을 찍은 날. 찜질방에서 목욕 후 계란을 까 서로 입에 넣어주던 날. 공연을 본 후 줄거리에 대해 말하며 맛있는 저녁을 먹던 날. 예쁜 한복을 입고 세배를 하던 명절, 기대에 부풀어 선물을 열어보던 크리스마스. '다녀오겠습니다.' 인사하고 등교하던 매일매일.

아이들의 곁에서 함께할 수 있는 게 얼마나 고마운 일인지 오랜 시간 알지 못했다. 아이들과 함께 있는 순간은 평범했고 하루하루가 같은 날이었다. 나는 늘 아이들 곁에 있을 줄 알았고, 그게 당연한 일이었다. 당연하다고 생각했기에 감사한 일이라는 걸 알지 못했다. 나이가 들어 아이들의 아이들과 함께 있는 나를 상상했다. 할머니가 된 후 언젠가 죽음으로 아이들의 곁을 떠나야 하는 건 아주 먼 미래의 일이었다. 암 진단 후 불안함은 아이들, 남편과 매일 웃고 지내는 이 순간이 영원할 수 없다는 걸 알려주었다. 내가 생각한 것보다 더 빨리 우리 가족 곁을 떠날 수 있다는 사실을 부정하지 못했다. 그러다 보니 함께 있는 시간을 멈춰서 잡아두고 싶을 만큼 모든 순간이 소중해졌다. 치료가 시작되기 전 어떤 고통이 있을지 모르지만, 그 고통을 견디기 위해서라도 아이들의 모습을 전부 담고 싶었다. 가족들과 함께 보내는 일상적인 날들에 하나하나가 소중하지 않은 게 없었다. 지금 행복이 영원하길 바라지만 영원할 수 없다는 걸 알기에 함께하는 모든 순간에는 웃음만 있기를 간절히 바랐다.

#

암을 진단받고 평범한 일상이 소중하게 느껴진 순간은 언제인가요?

--------------------------------------------

--------------------------------------------

## 8

# 불안과 두려움은
# 뒤로한 채

"네가 해본 가장 용감한 말이 뭐야? '도와줘' 도움을 구하는 건 포
기하는 게 아니야. 포기하길 거부하는 거지."

- 찰리 맥커시, 『소년과 두더지와 여우와 말』에서

온실 속 모든 화초는 과연 행복할까.

부모의 완벽한 보호 안에서 사랑을 받으며 큰 어려움 없이
성장한 사람을 온실 속 화초에 비유하곤 한다. 성장기에 부
모님 사랑을 듬뿍 받으며 안전하고 화목한 가정에서 자라는
친구들을 부러워한 적도 있었다. 온실 속 화초. 생각해 보니
나도 온실 속 화초처럼 자랐다. 외부와 차단된 온실에서 사
람의 손길을 기다리며 구석에 자리 잡은 화초. 누군가의 손
길에 사랑을 얻고 더 관심받는 화초가 있다면 분명 구석에
방치되어 자리만 차지하고 있는 화초도 있다. 온실에서 사랑

의 손길을 받지 않고 자란 화초는 외부로 나가 거센 날씨를 견디는 강인한 화초로도 살지 못한다. 나는 온실에서 누군가 보여주는 따뜻한 관심의 눈길을 마냥 기다리며 혼자 무럭무럭 자라는 화초와 같았다.

암 진단을 받고 가족들에게 말하지 못하고 끙끙대며 속앓이했다. 나의 삶을 지루하게 생각했을까. 이런 큰 이벤트를 바란 적은 없는데 야속했다. 그럼에도 살아야 했기에 항암 치료를 하기 전까지는 암 환자가 된다는 사실을 잊으려 애썼다. 평소처럼 먹고, 평소처럼 말하고, 평소처럼 자고, 평소와 다름없이 생활했다. 이제 내 생활이 평소와 다르게 흐를 수밖에 없을 테니까.

답답한 마음에 아이와 시간을 보내다 함께 사진을 찍었는데, 사진 속 나는 웃고 있었다. 나중에 보니 눈에는 눈물이 그렁그렁한 채 슬픔을 가득 담고 입가에만 미소를 띠고 있었다. 암이라는 병으로 인해 어떤 치료를 받아야 하는지 모르기에 막연한 두려움에 떨면서 아이 앞에서는 웃음을 보였다. 앞으로 나는 어떻게 될까? 아이들 곁에서 얼마나 웃을 수 있을까? 잘 버텨낼 수 있을까? 수많은 물음표 안에 놓여 있었다. 어느 날 첫째 아이가 보낸 문자에 내 물음표들은 사라졌다.

내일도 좋은 하루 보내요. 파이팅! 사랑해요. 힘내요.

하늘 땅만큼 사랑하는 예쁜 엄마가 있어 기뻐요.

엄마가 자기한테 '나 잘 태어났다.'라고 말해주세요.

다시 한번 하늘 땅만큼 사랑해요.

아이의 문자를 보니 나는 두려움 속에 혼자 있는 게 아니었다. 이제는 남겨진 화초처럼 혼자가 아니라 남편이 있고 아이들이 있었다. 주인의 손길을 받아 건강하고 예쁘게 자라는 화초처럼 나는 가족의 사랑스러운 손길을 받고 있었다. 첫째 아이가 말한 대로 거울을 보며 말했다.

"나 잘 태어났다. 나 잘 태어났다고 말해주는 아이들이 나에게 있다. 나를 사랑하는 가족이 있다. 가족의 사랑으로 나는 두려움을 이겨낼 수 있다."

암을 진단받고 치료가 시작되기 전까지가 제일 불안한 시기였다. 항암 치료를 받기 전까지 암세포가 더 커져 있지는 않을지. 치료를 받다가 잘못되는 건 아닌지. 이제 나는 어떻게 살아가야 하는지. 지금 내 모습 그대로 미래에 있을지 아무것도 확신할 수 없기에 불안과 두려움이 클 수밖에 없었다.

마음을 다스리기 위해서는 나를 믿고 사랑하는 사람들을

바라봐야 했다. 그래야지 버틸 수 있었다. 남편과 아이들의 얼굴을 보고 목소리를 듣고 사랑의 눈빛을 나누고 내게 다른 아픔이 닥치기 전까지 평범하게 지내는 게 내가 할 일이었다. 그리고 가족들에게서 얻은 힘으로 두려운 시간을 버틸 수 있을 거라고 스스로에게 용기를 주는 게 불안에서 벗어나는 유일한 방법이었다.

그렇게 시간을 보내면서 알게 되었다. 온실 속 화초는 이제 비가 쏟아지고 바람이 매섭게 부는 강한 태풍을 만나도 두렵지 않을 거라는 걸. 자신을 사랑의 손길로 보살펴 줄 사람들이 있다는 걸 알게 되었으니까.

#

암 진단 후 치료 전, 어떤 마음으로 두려움을 이기셨나요?

--------------------------------------------------------

--------------------------------------------------------

:
:

# 2장

# 아픈데
## 괜찮을 리
## 없잖아요

:
:

# 굳이 경험하고 싶지는
# 않았지만

> *"지옥을 통과하는 중이라면 멈추지 말고, 계속 가라."*
>
> - 윈스턴 처칠

내 이름이 이렇게 많이 불린 적이 있었을까.

유방암을 진단한 개인병원에서 연계해 준 국립암센터에 방문하니 여러 검사가 기다리고 있었다. 이름이 불릴 때마다 들어가 검사복을 젖혔다 여미기를 반복하며 가슴을 보였다. TV 드라마에서만 보던 기계들 안에서 가슴을 뒤척이며 자세를 잡고 검사를 진행했다. 암센터에서 2~3일에 걸쳐 검사하는 동안 암이라는 사실을 받아들였다. 복잡한 마음에 다른 생각을 하다 이름을 못 듣고 검사 순서를 놓친 적도 있었다. 병원에 있는 상황도, 검사하는 시간도 어서 빨리 지나가길 바랄 뿐이었다. 유방 X선 촬영, 초음파, CT, MRI, 뼈 스캔. 처음 겪어보는 복잡하고 힘겨운 검사들 속에서 내가 암이라는 사실을 인정하면서 정신을 놓지 않기 위해 안간힘을 썼다.

여러 검사들을 통해 진단받은 병명은 유방암 3기. 검사 결과는 당혹스러웠다. 1년마다 유방암 검진을 한 것이 무색하게 암세포 크기는 생각보다 컸다. 나를 병원으로 이끈 가슴의 포도알만 한 멍울은 4cm. 림프절에 전이된 암세포 크기는 7cm. 암세포 크기는 충격적이었지만 다른 장기에 전이되지 않은 것에 그나마 안도했다. 선 항암으로 크기를 줄이고 가슴 절제 수술을 할 거라며 의사는 앞으로의 치료 계획에 대해 간략하게 설명했다. 이어서 간호사가 서둘러 항암 일정을 잡아주었다. 집에 가고 싶은 마음을 꾹 누른 후 항암 치료에 대한 설명을 들었다. 그리고 암 환자가 주의할 사항과 영양 교육을 받기 위해 다른 곳으로 자리를 옮겼다.

유방에 혹이 만져진 후 급하게 간 병원에서 암 의심 소견을 듣고 가족들에게 말하기까지 답답한 심경으로 시간을 보냈다. 암센터에서 여러 검사를 받으면서 병의 진행 상황을 알게 되었고 치료 방법을 들으니 안심할 수 있었다. 치료에 대한 두려움이 없지는 않았지만, 병으로 인한 불안의 크기는 작아진 듯했다. 지금 내 몸에 암세포 크기가 커도 치료를 시작하면 없어질 거라고 믿었다. 수술 후에는 건강을 되찾을 수 있을 거라며 속으로 끊임없이 나를 응원했다. 그때는 항암으로 어떤 통증들이 있을지 몰랐기에 첫 항암 주사 맞을 날을 기다렸다. 빨리 치료를 시작하면 더 빨리 나을 수 있을 테니까.

첫 항암 주사는 항암제 색상이 붉은색이라 빨간약으로 불리는 AC였다. 항암제는 암세포뿐만 아니라 정상 세포에도 영향을 주기에 여러 가지 부작용이 존재했다. AC는 부정맥, 호흡곤란, 과다 피로, 탈모, 구내염, 변비, 소화불량 등 크고 작은 부작용이 있다는 설명을 들었다. 살기 위해 치료를 받지만, 부작용들이 나를 못살게 괴롭힐 수 있다고 생각하니 걱정이 앞섰다.

1~2시간 항암 주사실에 누워 혈관에 주삿바늘을 꽂고 심호흡하며 첫 항암 주사를 맞기 시작했다. 항암 약을 투여하는 동안 어지러워 다 맞은 후에는 남편의 부축을 받으며 집으로 왔다. 집에 와서는 긴 시간 잠을 잤다. 계속 어지러움이 있어 제대로 먹지 못하고 잠을 청했다. 이따금 일어나 억지로라도 입에 음식을 넣고 부작용 방지약들을 먹으며 괴로운

증상들이 나아지길 기다렸다. 5~6일이 지나니 어지러움은 사라졌지만, 음식의 맛을 전혀 느낄 수 없었다. 모든 음식에서 내가 아는 맛이 아닌 알 수 없는 맛이 났다. 버티기 위해서는 잘 먹어야 했다. 아무 맛이 나지 않았지만, 좋아하는 음식들을 찾아 먹었다. 맛을 느낄 수 없어도 입안으로 음식물을 꾸역꾸역 넣었다. 내 몸이 나를 살리기 위해 독한 항암제를 받아들이고 부작용을 견디고 있었기에 나를 챙겨야 했다.

2주가 되니 음식 맛이 희미하게 느껴졌다. 하루에 7~8번하던 설사도 멈췄다. 조금 나아졌다 안심한 순간 머리카락이한 주먹씩 빠졌다. 항암 부작용의 일부인 탈모를 눈으로 직접보게 되었다. 암 환자 두피 케어 전문 미용실을 찾아 예약했다. 유방암 환우들이 모인 온라인 카페에서 남편이 머리카락을 밀어주며 함께 울었다는 글들을 볼 수 있었다. 암에 걸린부인의 머리카락을 직접 밀어주며 상대의 아픔에 공감하고슬픔을 나누는 모습은 한없이 애틋하다. 얼마나 안쓰럽고 애처로울지 같은 상황을 겪고 있기에 충분히 알 수 있다. 그러나 우리 남편은 그렇게 섬세한 사람이 아니고 나도 남편에게내 두피를 맡기고 싶지 않았기에 안전하게 미용실을 택했다.
늘 짧은 헤어스타일을 고수했기에 민머리가 되는 시간은

길지 않았다. 어린 시절은 기억할 수 없으니 내 민머리를 본 건 태어나서 처음이었다. 항암의 고통은 익숙해질 수 없겠지만 내 민머리는 익숙해져야 했다. 머리카락을 미는 동안 거울을 똑바로 봤고 눈물도 흘리지 않았다. '머리카락은 다시 자라면 된다. 지금 내게 중요한 건 머리카락이 아니다.'라고 주문 외우듯 속으로 중얼거렸다. 어쩔 수 없는 상황으로 내 몸이 건강해질 때까지 머리카락과 잠시 이별을 선택한 거로 생각했다. 첫 항암 주사를 맞고 미용실에서 머리카락이 없는 머리를 보고 나니 이제 정말 암 환자라는 사실이 실감 났다.

분위기를 바꾸고 싶어 가슴까지 내려오는 긴 머리 가발을 맞췄다. 오랜만에 해 보는 긴 머리 스타일로 20대처럼 산뜻한 얼굴을 기대했는데 큰 오산이었다. 온몸에 털이란 털은 모두 빠지면서 내 모습은 달라지고 있었다. 눈썹, 속눈썹, 팔과 다리의 잔털들, 코안에 코털까지.


3주마다 AC 항암제를 맞으러 병원에 갔다. 주사를 맞은 후 1~2주는 비누를 문 것처럼 입안에서 이상한 맛이 났다. 그로 인해 음식을 먹을 수 없었다. 매일매일 설사하는 부작용까지 동반했다. 구내염으로 음식을 입에 넣기 힘들다가도 주사 맞은 지 3주째면 잠시 컨디션을 회복할 수 있었다. 더한 통증

없이 '이렇게만 살아도 좋겠다.'라는 생각이 들 때쯤 항암 약을 몸에 넣기 위해 다시 병원으로 향했다.

힘들면 대부분의 시간에 잠을 잤고 컨디션이 괜찮아지면 가족들과 시간을 보냈다. 매우 아프냐고 묻는 첫째 아이에게 '오늘은 좀 힘든데, 내일은 나아지겠지. 그다음 날은 더 좋아질 거야.'라고 말하며 하루하루를 버텼다. 왜 나인가 의문을 품으면서 눈 뜨고 나면 꿈이길 바라기도 했다. 빨간약 항암제로 오는 부작용에 적응하면서 4차까지 맞고 나니 어느덧 12주가 흘렀다.

처음 가슴에 딱딱하게 잡혔던 멍울은 내가 부작용에 힘들어할수록 말랑하게 변했다. 기분 탓일지 모르지만 크기도 작아진 것 같았다. 항암제가 효과가 있는지 확인하기 위해 시행한 중간 검사 결과가 좋았다. 가슴에 있는 멍울은 2cm로, 림프절에 있는 암세포의 크기는 4cm로 둘 다 반 정도 줄어 있었다. 아직 다 없어진 것은 아니지만 약의 효과를 입증받고 나니 힘들어도 기운이 났다. 온갖 부작용을 버틴 내 노력이 헛되지 않은 기분이 들었다. 힘든 상황이었지만 작고 소소한 일에 고마움을 찾으려 애썼다. 아이들과 함께 있을 수 있다는 사실에 감사함을 잊지 않았다. 매일 마음을 다스리고 가족들을 생각하며 지내다 보니 길게만 느껴졌던 항암 치료도 중반을 넘어가고 있었다.

#

두려움이 가득했던 첫 항암, 버틸 수 있었던 힘은 무엇이었나요?

-------------------------------------------------------------

-------------------------------------------------------------

## 2

# 잘못한 것은 없는데,
# 숨겨야 할까?

"가장 예쁜 자신을 생각해요. 사람들은 남한테 관심 없어요. 흥미
만 있지."
                                              - 드라마 <굿 와이프>에서

   세상을 살다 보면 생각 없이 말하는 사람을 종종 만나게
된다. 그러나 생각 없이 말하는 사람보다 더 당황스럽게 하
는 사람을 만날 때가 있다. '상대에게 어떤 상처를 줄까? 저
사람의 불행한 상황을 어떻게 증명해서 우위에 설까? 어떤
말로 내가 맞고 너는 틀렸다는 걸 알려주어 수치심을 느끼게
할까?' 말도 안 되는 생각들을 평소에는 단단히 숨겼다가, 불
행에 힘들어하는 상대가 생기면 성향을 드러내는 사람이 있
다. 이런 사람은 잘못된 방향으로만 발달해 상대의 약점이라
고 생각하면 집요하게 파고들어 괴롭힌다. 아프고 힘든 사람
에게 어떻게 그런 감정을 갖느냐 하겠지만 세상에는 속을 알

아픈데 괜찮을 리 없잖아요

수 없는 사람들이 가득하다. 처음에 잘해주는 행동을 보이다 결국엔 의도한 대로 상처를 주고 만다.

나와 비슷한 30대 중반 나이에 유방암 판정을 받은 수달 작가의 도서 『아직 슬퍼하긴 일러요』에 나온 지인과의 에피소드가 기억에 남는다. 작가는 투병하는 동안 한 지인과 가깝게 지냈다고 한다. 투병 기간 지인의 응원에 힘을 얻어 기운이 났다고 했다. 수달 작가가 완치된 후 기쁨을 함께 나누기 위해 지인에게 줄 꽃다발을 준비해 만났지만, 지인은 기쁨을 나눌 즐거운 얼굴이 아니었다고 한다. 평소와 다른 무표정한 얼굴로 의자에 등을 꼿꼿이 기댄 채 앉아 있을 뿐 별다른 말이 없었다고 했다. 어색한 자리가 의아하던 참에 마지못해 꽃다발을 집어 들고 지인이 뱉은 말은 몹시 충격적이었다.

"너무 들뜨지 마. 젊은 사람 암은 모르는 거야. 앞으로 건강 조심하고."

그 후에도 고마웠던 마음을 기억하며 연락했지만, 지인은 시큰둥한 반응을 보였고 시간이 흐른 후 소원해졌다고 한다. 힘들 때 곁에 있어 준 친구가 진정한 친구라고 생각했다는 작가의 말에 어느 정도는 동의할 수 있다. 하지만 앞서 말했듯이 어떠한 사람들은 상대의 아픔을 파고든다. 평소 남의 불행에 행복을 얻는 마음을 숨기고 있다가 상대의 불행이 걷히면 자신의 밑천을 드러내고 만다. 진정한 친구라면 곁에서 아픔을 다 보았기에 고통을 이겨 낸 친구의 행복을 기꺼이 축하할 것이다.

유방암을 겪고 있거나 유방암 환자를 둔 가족들이 모여 질병에 관한 정보를 나누고 생활을 소통하는 온라인 카페가 있다. 그 안에서는 아픈 상황을 주변에 알렸는지 궁금해하는 글들을 심심치 않게 볼 수 있다. 가족과 친척, 친구들, 직장 동료, 주변 지인, 동네 오고 가며 만나는 사람들. 어디까지 알리는 게 좋을지 갈등한다. 대부분 가족과 가까운 친척들에게만 알린다. 아픈 자신의 이야기가 다른 사람 입에 오르며 소비되는 게 불편해 주변에는 말하지 않는다. 아이가 있다면 동네 사람들에겐 더욱 알릴 필요가 없다는 댓글이 우세하다.

내가 유방암에 걸렸다고 말한 건 남편과 친한 친구 한 명 뿐이었으나 친구들은 물론, 가까운 지인, 남편의 지인들, 한 번 마주친 지인의 지인, 한 번도 본 적 없는 지인의 가족까지. 내가 암에 걸린 걸 알고 놀랐다는 반응을 보일 때는 '불편한 마음을 감추는 불편함'을 감수해야 한다. 내가 유명인도 아닌데 사돈의 팔촌까지 '누구네 그이가 유방암이래.'라는 말을 하는 상상은 과한 상상일까.

나의 암 소식에 누군가 인사 대신 전하는 '괜찮아?'라는 물음에 괜찮다고 대답한다. 대부분의 사람이 괜찮은 사람에게는 괜찮냐고 묻지 않지만, 괜찮지 않은 사람에게는 괜찮냐고 묻는다. 괜찮다는 말을 기대하는 건지, 안 괜찮다는 말이 듣고 싶은 건지는 모르겠다. 듣고 싶은 말이 무언지 모르기에 괜찮냐는 말을 지나가는 인사쯤으로 받아들인다.

투병 기간을 마치고 몸과 마음이 안정되어 투병했다는 사실을 말하고 나니 모두 알고 있어 당황스러웠다는 어떤 글쓴이의 마음은 나와 다르지 않다. 타인의 슬픔을 입에서 입으로 전하지 않고 본인의 아픔을 말할 선택의 자유를 주는 배려는 어려운가.

사람들이 생각보다 다른 사람들에게 관심이 없다는 말은 반은 맞고 반은 틀리다. 좋은 일에는 시기심이 생겨 진심으로 축하하기 어렵지만 불행에는 적극적이며 이야기하기 좋아한다. 누군가의 아픔이 건강한 사람에게 건강의 소중함을 알려주는 일종의 가십거리로 변한다면 겪는 당사자에게는 그다지 유쾌한 일이 아님이 분명하다. '잘못한 것도 아닌데 굳이 숨길 필요가 있나?' 생각하며 떳떳하게 밝힐 수도 있지만 아이가 있다면 입장은 조금 달라진다. 남 이야기 좋아하는 사람들에게는 암에 걸린 엄마를 둔 안타까운 아이들이 될 수도 있어서다. 나는 아이들과 연관되어 만나는 동네 사람들에게 나의 질병 사실을 말하지 않는 쪽으로 마음을 굳혔다.

어느 날 동네 지인이 '너희 엄마 헤어스타일 왜 계속 똑같아?'라고 물었다는 걸 아이를 통해 들었다. 투병 기간 가발 착용으로 인해 변함없는 헤어스타일이 의아했던 모양이다. 무엇이 궁금했던 건지는 모르겠으나 무례한 물음에 나는 동네 사람들에게 말하지 않은 걸 잘했다고 생각했다.


그렇다고 우리 주위에 불편한 사람들만 있는 건 아니라는 것도 잘 안다. 가까운 가족이나 친척들은 아픔을 공유하면서 사이가 더욱 돈독해진다. 진정으로 곁에서 내 건강을 걱정하고 위로해 주는 좋은 이들도 많고 많다. 동네 지인들에게 아픈 상황을 말하였더니 컨디션이 좋지 않을 때는 아이들을 돌보아 주기도 하고, 학교에서는 선생님이 아이를 더 신경 써 주기도 했다는 훈훈한 이야기도 있다. 함께 여행 다니며 아픈 이야기를 들어주고 상대의 일에 진심으로 눈물 흘려주는 고마운 지인들이 곁에 머물기도 한다.

어디서 어떻게 만난 주변의 누구에게까지 내 아픔을 이야기해야 할지 선택하는 건 자신에게 달려 있다. 아직도 암에 걸렸다는 걸 말할지 말지 고민하는 상황에 어떤 게 옳은지는 잘 모른다. 옳고 그름이 아닌 당사자의 상황과 성향에 따라 달라지는 선택이라 본다. 다만 그 선택을 했을 때 겪을 수 있는 일들을 맞이하는 건 오로지 자신의 몫이라는 것을 잊어서는 안 된다. 우리 주위에는 자기 일처럼 상대의 아픔에 공감할 수 있는 사람들도 있지만 일부 소수는 타인의 불행을 걱정하는 척하며 자신의 자존감을 높이기도 한다. 몸이 아픈 상황에서 이런 사람을 만나게 되면 어떨까. 상대의 말과 행동에 얻은 상처와 사람을 알아보지 못한 자책까지 더해져 생각보다 깊은 상처를 남긴다.

슬픔을 나누었더니 반이 되는 경험을 할 수 있는 사람이 있는 건 행운이다. 내 상황의 아픔을 이야기했을 때, 고통을 덜 수 있도록 위로해 주는 사람만 곁에 있다면 말하지 않을 이유가 없다. 그러나 내 아픔을 공감해 줄 수 있는 사람인지 제대로 파악하지 못한 상태에서 굳이 말해야 할 이유도 없다고 생각한다. 좋지 않은 기억을 남기지 않는 것도 나를 위하는 방법이기에.

#

**암 투병 사실을 주변에 말하고 난 후 후회한 적이 있으신가요?**

----------------------------------------------------------------

----------------------------------------------------------------

아픈데 괜찮을 리 없잖아요

# 모니터 속
# 숫자를 바라보며

"문제를 통제할 수 없다고 느껴질 때, 네 곁에 있는 사랑하는 것들
에 집중해. 폭풍우는 결국 지나갈 거야."

- 찰리 맥커시, 『소년과 두더지와 여우와 말』에서

    항암 치료 중반을 지나가고 있었다. 기본 체력이 있어 잘
버틴다고 생각했다. 몸은 치료를 견디고 있었지만, 마음은
가누지 못하고 무너졌다. 새벽이면 가슴이 답답해 잠에서 깨
어나 우는 날이 점점 늘었다. 그러다 아침이면 아무 일 없다
는 듯 일어나 담담히 통증을 받아들였다. 견딜 수 있는 체력
으로 예정된 날짜에 맞춰 항암 주사를 맞을 수 있다는 것에
감사했다. 30대 중반에 받은 암 진단은 통증으로 살아있다는
걸 처절하게 깨닫게 하고 일상에 대한 고마움을 시시때때로
느끼게 해주었다. 맛을 느끼며 먹을 수 있어 감사했고, 1~2

주 고생하다 1주일은 살 만해서 외출할 수 있음에 만족했다.

날짜 맞춰 항암 주사를 맞으러 간 어느 날. 병원 주사실에서 내 차례를 기다리다 환자의 출생 연도와 이름이 적힌 모니터가 눈에 들어왔다. 1939년 김*철, 1948년, 박*옥, 1954년 이*하, 1976년 이*희. 1982년 정*혜. 모니터에 적힌 출생 연도 중 내 출생 연도가 가장 늦었다. 모니터 안에서 막내라는 사실에 헛웃음이 나왔다.

어릴 때부터 나는 어딜 가나 막내였다. 친척 중 막내라 언니들이 공주 놀이를 하면 항상 하녀를 시켰다. 하녀 역할이 마음에 들진 않았지만, 언니들이 놀아주어 좋았다. 성인이 되어 아르바이트를 한 곳에서도 막내였고, 직장에 들어가서도 막내였다. 업무 실수가 있어도 막내라 너그럽게 이해받고 어려운 일이 있어도 누군가 친절히 가르쳐 주기에 막내라는 게 싫지 않았다. 아빠 형제들이 많아 어린 시절 어른들과 생활했기에 성인이 되어서 일 관계로 만나는 어른들이 어렵기보다 편한 마음이 더 컸다.

남편도 5남매 중 막내였다. 대가족인 시댁 식구들과 나이 차이가 10년 이상 났다. 막내라 실수해도 이해해 주시고 내 생일이면 온 가족이 모여 축하해 줄 정도로 예뻐해 주셨다.

첫째 아이를 낳고 조리원에 가니 산모 중 막내였다. 아이 유치원 모임, 학교 모임에 가도 학부모 중 나이가 가장 적었다. 만났던 지인들도 동생으로 보듬어 주었기에 어딜 가든 막내인 게 참 좋았다. 그러나 암센터 항암 주사실에서 막내인 것은 즐겁지 않았다.

　항암 주사를 맞고 온 그날은 하루 종일 기분이 별로였다. 죽어서도 막내가 되는 건 아닐지 우스운 생각이 머릿속을 떠나지 않은 이유에서다. 떠오르는 잡다한 생각들이 아픈 몸만큼 나를 괴롭힐 때가 있다. '치료 효과가 더디지는 않을까. 오늘 너무 힘든데, 저녁에 쓰러지는 건 아닐까. 수술하고 부작용이 심하지는 않을까.' 항암에 의한 여러 부작용은 통증을 만들었고 그 통증으로 인해 예민함이 극에 달했다. 현재 상황이 아닌 앞일에 대해 걱정하고 걱정이 지루해지면 과거로 돌아가 암이 내게 온 이유를 궁금해하며 떠올렸다.

　『암을 이겨내는 당신에게 보내는 편지』의 저자 이병욱 박사는 암은 스트레스에 의한 심인성 질환으로 몸을 치료하면서 마음도 함께 치료해야 한다고 일러줬다. 덧붙여 마음에 분노가 치밀면 해결하지 못한 감정으로 호르몬 불균형이 온다고 말했다. 그로 인해 에너지 흐름이 막히게 되면 몸의 균

형을 깨트린다고 전했다. 모든 상황이 암이 생기기 쉬운 몸 상태가 될 수 있다고 설명했다.

스트레스를 받으면 면역력이 떨어져 종양이 발생할 수 있다는 이론이 있다. 신체의 고통뿐 아니라 암에 대한 심리적 증상도 치유하기 위해 정신 종양 클리닉이 운영되는 것을 보면 암과 정신 건강은 뗄 수 없는 관계임이 명확하다. 몸과 마음은 연결되어 있어 몸이 힘들면 마음도 약해질 수밖에 없다. 약해진 마음으로 내린 결론이 모든 문제에는 원인이 있다는 게 아니길 바랐다. 생각이 길어지면 원인에 대한 결과를 나로 결론지어 자책하기 쉽기 때문이다. 불안, 우울, 분노 등 부정적인 생각으로 치닫다 보면 그 끝에는 나에 대한 원망, 누군가에 대한 원망만 남을 뿐이다. 원망의 마음이 다른 병을 만들지 모른다. 내가 품는 마음이 나를 더 힘들게 한다면 치료에 도움 될 리 없다.

항암약물 부작용이 나를 덜 지치게 하고, 항암 치료가 끝나면 수술도 순조롭게 될 날을 기다렸다. 곧 다시 일상을 찾을 수 있을 거라는 생각만을 마음에 가득 담았다. 그리고 현재 불편하지 않은 모든 일에 감사함을 잊지 않았다. 나만 바라봐 주는 가족들에게 고마웠고, 가족들과 함께 있을 수 있어 감사했다. 쉴 수 있는 집이 있어, 또한 감사했다. 나를 걱정해 주는 사람들의 마음을 알 수 있어 감사했고, 다른 걱정 없이 치료받을 수 있는 상황에 감사했다. 먹을 수 있어 감사했고, 다닐 수 있어 감사했고, 매일 햇살과 바람을 느낄 수 있어 감사했다. 온전히 나를 위해 감사했다.

　태풍이 휩쓸고 간 자리는 황폐하다. 강한 태풍을 고스란히 받은 흔적 또한 역력하다. 큰 병을 받아들이고 치료하는 동안 몸과 마음은 큰 태풍이 휩쓸고 간 도시와 같다. 태풍이 오면 강한 바람에 의해 유리창이 깨지고 거리 시설물들이 파손된다. 태풍 맞은 거리처럼 암으로 인해 몸은 보이지 않는 구석구석까지 손상되면서 상처투성이가 되었을 것이다. 어디서 왔는지 모를 나뭇잎과 쓰레기들이 바람을 타고 나뒹굴듯 두렵고 불안한 감정들은 마음속에 어지럽게 떠돈다. 그러나 태풍은 길게 머물지 못한다. 도시를 어지럽히고 망가트리지만, 결국엔 소멸한다. 부정적으로 떠오르는 생각은 태풍에 잠깐 내리는 비로 여기고 몸에 부는 태풍이 소멸하기만을 기다리는 것이 내가 할 수 있는 전부였다.

**#**

투병 중 받은 스트레스를 극복할 수 있었던 긍정적인 마음가짐은
무엇이었나요?

------------------------------------------------------------

------------------------------------------------------------

아픈데 괜찮을 리 없잖아요

# 진통제가 필요한
# 슬픔의 순간

"마음을 다쳤다는 건 비유가 아닙니다. 상처가 눈에 보이지 않을 뿐이지, 진짜 외상을 입은 거예요. 문제는 환자 본인도 그걸 잘 모른다는 거죠. 피가 안 나니까."

- 드라마 <그 남자의 기억법>에서

빨간약이라 불리는 AC 항암제를 4차까지 맞고 중간 경과가 좋았다. 암세포 크기는 반으로 줄었다. AC로 항암 치료를 받는 동안 음식 맛을 알 수 없었고 구내염에 시달렸지만, 다행히 구토 한 번 하지 않고 생각보다 순조롭게 지나갔다. 두 번째로 맞은 항암제는 극심한 통증을 더했다. 도세탁셀은 항암제 투여 시간이 5시간으로 1시간에서 1시간 30분 투여하는 AC보다 맞는 시간이 오래 걸렸다. 간호사는 아무 증상 없이 약이 잘 들어가는지 확인했고 나는 약 투여 시간 대부분 잠을 잤다. 항암 약이 혈관을 통해 들어오자마자 바로 기운 없이 몽롱해지던 AC 항암제와는 다르게 도세탁셀은 바로 증상이 나타나지 않았다. 항암 주사 맞기 전과 후 차이가 없어 직접 운전하여 집으로 갔다. '항암 별거 아니네.'란 생각이 들 때 도세탁셀은 가소롭다는 듯 비웃으며 5일쯤 후 무자비하게 나를 공격했다.

도세탁셀의 대표 부작용은 근육통과 관절통, 부종 등이었다. 나는 평소 몸이 뻣뻣하고 관절도 좋지 않았다. 툭하면 근육이 뭉쳤고 약을 먹어도 증상이 오래갔다. 건강하지 않았던 쪽으로 부작용이 심하게 온다는 이야기를 들은 적이 있는데 그 말은 사실이었다. 항암 주사를 맞고 온 5일이 지난 시점부터 손가락 관절이 아프더니 6일째, 7일째 시간이 지날수록 구타를 당하는 것처럼 통증이 심해졌다. 통증으로 인한 고통은 일주일 넘게 지속되었다. 통증이 심할 때는 변비를 수반해 7일 넘게 변을 보지 못하기도 했다. 화장실에 오래 앉아 있는 날은 항문까지 통증이 와서 어지럼증이 심해지고 하늘이 노래졌다. 몸에 힘이 풀려 식은땀을 흘리다 화장실 앞에 몇 분씩 기절한 상태로 있기도 했다. 겨우 일어나 정신을 차린 적이 여러 차례 있었다. 독한 항암 약은 내가 어디까지 버티는지 지켜보기라도 하듯 하루하루 새로운 부작용을 만들었다. 매일매일 아픈 부위를 바꿔가며 물었다.

"이래도 견딜래? 이렇게 해도 웃을 거야? 더 아프게 해도 쓰러지지 않을 거야?"

그럴 때마다 무너지지 않기 위해 부단히 나를 일으켜 세웠다. 항암이 끝나면 수술 후 다시 정상적인 생활을 하는 모습을 상상했다. 담담하게 마음을 다스리면서 부작용 증상들을 버텼다. 도세탁셀을 맞으며 얼굴과 몸은 점점 붓기 시작했고 붓기로 인해 몸무게는 13kg 늘었다. 숱한 부작용에 시달렸지만, 강한 부작용만큼 암세포도 빠르게 사라지고 있을 거라 믿었다. 마음을 단단하게 하고 암 치료 과정이라며 나를 달래며 버텼지만, 시간이 흐를수록 육체와 정신은 지쳐가고 있었다. 가까스로 삶을 이어가고 있는 내게 항암의 통증들은 한 계단, 한 계단씩 나를 끌어내려 몸과 마음을 지하까지 처박는 날이 늘었다.

항암 주사를 맞으러 병원에 가면 나 외에 다른 사람들은 모두 가족, 친구와 함께였다. 같이 온 사람들과 주사를 맞는 동안 힘이 되는 이야기를 나누고 있었다. 보호자들은 항암 주사를 맞는 환자를 돌보며 아픔을 공유했다. 약이 올라와 구역질이 날까 걱정하며 얼음이나 사탕을 입에 넣어주었다. 나는 2~3회 남편과 함께 갔지만, 이후로는 8번째 마지막 항암제를 맞는 날까지 병원에 혼자 갔다. 남편은 생계를 위해 일을 해야 했고 내가 주사 맞는 동안 집에 있는 어린아이들도 돌봐야 했기에 나는 항상 괜찮다며 병원에 혼자 가길 자처했다.

그러나 나는 괜찮지 않았다. 항암 주사를 다 맞고 나서 혹시 몸에 안 좋은 증상이 나타날까 봐 늘 겁에 질려 있었다. 무슨 일이 생기면 병원이 제일 안전하기에 항암 주사를 다 맞은 후에도 몇 시간씩 혼자 불 꺼진 병원 의자에 앉아 있었다. 나는 병원에 함께 갈 부모도 있지 않았고 친구들에게 가발 쓴 모습을 보여줄 용기도 없었다. 스스로 병을 내 잘못으로 여기면서 숨었고 어디에도 도움의 손을 뻗지 못했다. 불꺼진 병원에 혼자 앉아 마음의 불도 꺼버렸다. 내 고통을, 괴로운 마음을 다른 사람들에게는 말하지 않고 오롯이 혼자 견뎌야 한다고 여겼기에 더 외로웠다. 숨겨 두었던 내 힘듦이 어느 날 고무공처럼 튀어 올라 누군가에게 말하고 나면 내 아픔이, 내 슬픔이 가볍게 보일 것 같아 털어놓지 못하고 입을 닫았다. 그리고 점점 더 나를 고립시켰다.

화장실 앞에서 식은땀을 흘리며 몇 번씩 기절해도 아무 일 없는 듯 일어났다. 발톱이 뽑혀도 항암을 하다 보면 있을 수 있는 일이라며 토닥였다. 혹시라도 가족들이 내가 떠난 후 내가 만든 음식을 그리워할까 싶어 손가락 끝이 떨어져 나갈 것 같이 아파도 식사를 준비했다. 항암 약의 부작용 때문에 밤새도록 베개 끝이 젖도록 울었지만 아무도 내 아픔을 이해할 수 없을 거라며 고통을 혼자 삭였다. 절망하지 않기 위해 내가 가진 힘을 모아 버티고 버텼다. 그렇게 어디에도 기대지 않고 슬픔을 온전히 혼자 감당하는 게 어른이라고 믿었다.

인지심리학자 김경일 교수는 강연에서 신체의 상처로 인해 통증을 느끼는 뇌, 마음에 상처를 입어 슬픔을 느끼는 뇌 영역이 동일하다는 연구 결과에 대해 말한 적이 있다. 우리의 뇌는 몸의 아픔과 마음의 고통을 거의 구분하지 않는다고 전했다. 마음에 상처를 입은 사람은 보이지 않는 피를 흘리고 있다고 설명했다. 마음이 아픈 사람에게는 몸에 큰 상처가 난 사람처럼 따뜻한 배려가 필요하다고 말했다. 그리고 몸이 아플 때 먹는 진통제는 신체뿐 아니라 마음이 아플 때도 효과가 있다고 덧붙였다.

이러한 연구 결과에 대해 조금 더 빨리 알았다면 나를 몰아세우지 않았을지 모르겠다. 보이지 않는 피를 감추고 겨우 버티고 있는 내게, 아픔을 혼자 이겨야 한다고 모질게 다그치지도 않았을 것이다. 내성이 겁나 진통제를 먹지 못하면서 온몸으로 통증을 고달프게 견디기보다 나의 아픔을 보듬었을 것이다. 항암 부작용으로 오는 통증과 암에 대한 두려움 속에서 혼자 피 흘리고 있지 않고 잠시라도 슬픔을 잊을 수 있게 몇 알의 진통제를 쥐여주었다면 얼마나 좋았을까.

나는 내 편이 되어야 한다는 걸 한참이 지난 후에야 알게 되었다.

---

#

당신에게 진통제가 가장 필요했던 순간은 언제였나요?

----------------------------------------------------------------

----------------------------------------------------------------

아픈데 괜찮을 리 없잖아요

$$5$$

# 불행이 상처로
# 남지 않도록

"나는 언제나 나를 멈추게 한 힘으로 다시 걷는다."

-반칠환,「나를 멈추게 하는 것들」에서

　코로나라는 전염병이 전 세계를 휩쓸 때 거리두기가 시행되었다. 대인관계가 줄고 개인 시간을 보내는 일에 익숙해졌다. 예전에는 불편한 사람과도 관계 유지를 위해 대화하며 억지로 맞추는 게 예의라고 생각했다. 하지만 요즘엔 누굴 만나기보다 혼자서 할 수 있는 취미를 찾는 사람들이 많아졌다. 혼자 밥을 먹으며 개인적으로 여유로운 생활을 즐기는 사람이 느는 추세다. 혼자 지내는 시간이 많아지다 보니 타인과의 소통은 더욱 어려워졌다.

　최근 나오는 소통에 관한 책과 영상에는 '적게 말하고 침묵하라. 듣는 사람이 되는 게 좋다.'라고 조언한다. 사람을 만나

더라고 얇고 느슨한 관계를 권하며 최대한 말은 아끼라고 귀띔한다. 한동안은 사람을 만나지 않고 지내는 것이 편했으나 어디 사람이 혼자만 살 수 있는가. 침묵하라는 영상들이 떠돌아도 누군가 만나면 상대의 말이 끝나기가 무섭게 내 이야기를 하는 경우가 많다.

오랜만에 친구를 만난다면 할 이야기가 많고 많다. 실컷 전화 통화 후에도 '자세한 건 이따 만나 이야기 해.'라고 말할 수 있는 친구 한두 명은 누구나 있을 것이다. 그런 친구와는 시시콜콜한 대화를 더불어 마음속 깊은 이야기도 부담 없이 꺼내게 된다. 만나지 못했던 긴 시간만큼 서로에게 묻고 답하기에 바쁘다. 좋은 일은 내 일 같이 축하해 주며 기뻐한다. 해결되지 않은 근심거리가 있다면 함께 고민하며 희망적인 말들로 용기를 준다. 삶의 의욕이 없다는 친구의 말에 '그동안 고생 많았구나. 정말 힘들었지? 그래, 살다 보면 그럴 때가 있어. 나도 그랬어. 내 도움이 필요하면 언제든지 말해. 근데 너 정말 잘하고 있어. 네가 맡은 힘든 일들, 어려운 환경 잘 헤쳐가고 있잖아.' 따뜻한 말들로 위로하고 아낌없이 격려한다. 지쳐있는 친구에게 '사는 게 다 그런 거야. 너만 힘들어? 모두 힘들어. 그럼, 다 포기해. 무엇 때문에 그렇게 아등바등 사냐?'라며 막말을 퍼붓지는 않는다.

　어느 날 갑자기 찾아온 암을 고통 속에 겪으며 나를 얼마나 위로했는지 생각해 봤다. 그런 인식을 하기 전까지 나는 내 자신에게 늘 차가웠다. 나에게는 쌀쌀맞고 냉정하고 매정했다. 큰 병을 겪으며 다시 올지 모를 고통에 대한 두려움이 가득한 내게 말한다. '자꾸 마음 약해질 거야? 남들도 다 불안해. 너만 힘든 거 아니야. 다 그렇게 살아. 수많은 괴로움 속에서도 살기 위해 발버둥 치는 사람이 얼마나 많은 데 나약한 마음을 가지고 이러는 거야?' 스스로 상처 주는 말을 하며 나를 몰아세웠다. 남에게는 못 할 말들을 쏟아내기도 했다. 타인의 아픔엔 다정히 위로하면서 정작 내 마음의 슬픔을 덜어내는 건 어설펐다. 대부분의 사람이 자기 검열을 통해 옳고 그름을 따지려 하므로 자신에게 친절하기란 쉽지 않다. 타인의 고민에는 귀 기울이고 좋은 말을 해주려 애쓰면서 자신에게만 모진 말들로 스스로에게 더 많은 상처를 준다.

　암을 진단받으면서 사람들을 만나지 않고 혼자 있는 시간이 많아지다 보니 내게도 좋은 말들을 들려줘야 한다는 걸 알 수 있었다. 그때부터 오랜 시간 위로의 말을 건네지 못한 내게 따뜻한 말을 하려고 노력했다. 가장 가깝지만 긴 시간

만나지 못했던 나와 대화하고 친구를 대하듯 상냥하게 따뜻한 말들을 들려주었다. '매우 힘들었지만 잘했어. 고생했어. 불안한 마음은 어쩔 수 없지만 그 마음도 충분히 이겨낼 수 있어. 너는 강인한 사람이야. 멋있어. 대견해. 앞으로는 조금 편안한 마음을 가지고 살아보자.' 타인이 아닌 내가 스스로에게 위로의 말을 건넸다.

나에게는 적게 말할 이유가 없다. 침묵할 필요도 없다. 내 슬픔이 약점 잡힐지 걱정하지 않아도 된다. 오랜만에 만난 친구처럼 나에게 묻고 대답하다 보면 자신과의 대화가 편해진다. 이제는 소중한 친구에게 말하듯 너그러운 속삭임으로 나를 포근히 안아주고 싶다. 다른 사람과는 거리가 생겨도 나와는 더욱 가까워질 수 있도록. 타인과는 멀어질 수 있지만 나는 평생 만나고 보듬어 주어야 할 무엇보다 중요한 존재이니 말이다.

원치 않은 불행이 나를 할퀴어 상처를 남기는 순간이 오지 않길 바란다. 위로와 격려를 기다리는 나를 모른 척하지 말자. 아낌없이 말해주길. 잘 견뎌주어 고맙다고.

#

힘든 투병기간을 보내는 동안 당신이 제일 듣고 싶었던 말은 무엇
이었나요?

----------------------------------------------------------------

----------------------------------------------------------------

## 6

# 살다 보니
# 지나가더라

햇살이 자꾸만 머리끄덩이를 붙든다.

너 죽어도 나 살 테지만

그래도 살라고 죽지 말고 살라고

- 시린, 『괜찮지만 괜찮습니다』, 「무꽃이 나에게」에서

아침이면 새벽 내내 흠씬 두들겨 맞은 무거운 몸을 일으켰다. 도세탁셀 항암 약의 부작용인 근육통은 그동안 겪은 모든 통증에 비할 수 없을 만큼 강한 강도로 나를 몰아쳤다. 어느 드라마 대사처럼 암세포도 생명이 있어 자기를 없애려는 것에 기분이 상했을까. 상한 마음을 가득 실어 나를 샌드백 삼아 분풀이를 해댔다. 곱게는 사라질 수 없다는 듯 밤새 나를 두들겼다. 맨몸으로 분풀이를 받아냈다. 너는 내 손아귀에 있는데 어딜 벗어나려 하냐며 멱살을 잡고 거듭 흔들어댔다.

88    아픈데 괜찮을 리 없잖아요

저항할 수 없는 인형처럼 힘없이 두들겨 맞았고 흔드는 손아귀에서 벗어나지 못한 채 매일 밤 몸의 지진을 느끼다 정신을 놓지 않기 위해 깨어났다.

어떤 날은 사정없이 나를 짓이겼다. 머리부터 발끝까지 작게 만들어 크고 무거운 돌덩이로 숨통을 조였다. 머리를 시작으로 어깨를 누르고, 가슴을 누르고, 다리를 짓누르고 온몸 구석구석 크고 작은 돌덩이들을 얹어 놓고 짓이겨댔다. 이불이 흠뻑 젖도록 식은땀을 흘리는 날이 많았다. 무거운 돌덩이를 이기지 못하고 짓이겨져 땅바닥에 붙어 처참히 사라지는 건 꿈이었지만 깨어나면 고통은 현실이었다.

항암 부작용에 시달리며 피할 수 없는 통증을 겪고 난 아침이면, 내 몸이 험하게 사용하여 구겨지고 밟힌 지폐가 된 거 같았다. 마구 구겨져 있는 지폐를 찢어지지 않도록 조심스럽게 펴듯 밤새 혼자서 나만 아는 사투를 벌인 몸을 힘겹게 일으켰다. 꼬깃꼬깃해진 지폐가 돈으로의 쓸모가 끝나지 않은 것처럼 나도 내 몸을 일으켜 아이들의 등교를 챙기며 쓸모를 증명하려 했다. '아프지만 잘 해내고 있다. 아파도 할 건 해야지. 엄마로 아이들 곁에서 잘 버티고 있다.' 스스로 위안하면서. 잠깐 쉬려 누우면 누군가에게 들은 버려도 되는 말이 떠올랐다. '아프다고 누워만 있으면 안 돼. 집에 아픈 사람 있으면 얼마나 우울한 줄 아니?' 우울한 아픈 사람이 될 수 없어 몸의 저릿함을 견디며 몸을 씻었다. 씻는 동안의 아픔을 견뎌냈지만 씻고 나서 오는 통증은 견디지 못해 다시 누웠다.

어떤 뜻인지도 모를 누군가의 말에 휘둘려 내 몸을 혹사한 나를 자책하다 설움이 북받쳤다. 왜 이런 상황을 견뎌야 하는지, 왜 나인지. 다시 원점으로 돌아가 원인을 돌아보고 화를 냈다가 수긍하기를 되풀이했다. 항암의 부작용으로 옷에 붙어 있는 생선 비늘 같은 각질을 보며 침울해졌다가 다시금 왜 나인 건지 곱씹으며 끝내 우울로 빠져들었다.


엄청난 강도의 근육통으로 늘 몸은 만신창이였고 손톱 모양이 변형될 정도로 손가락 뼈마디 통증이 심했다. 아픈 내 몸에서 더는 견딜 수 없다는 듯 새끼발톱이 툭 하고 빠졌다. 항암 기간에 발톱은 세 개가 빠지고 나머지는 변형으로 틀어졌다. 약으로 체질이 변해 체지방은 늘었고 피부가 어두워지며 무수한 잡티들이 생겼다. 면역력 저하로 결막염을 달고 살았고 코안 점막은 헐어 늘 피딱지가 앉아 있었다. 피부는 벗겨지고 재생되길 반복했다. 눈에 보이는 증상들과 통증 외에 보이지 않는 수많은 부작용을 내 몸은 얼마나 힘들게 견디고 있었을까.

나만 아는 통증과 그 통증으로 인해 두려움이 일어나는 새벽은 어둡고 고요했다. 아침이면 누군가의 고통은 아랑곳하지 않는다는 듯 해는 밝게 빛났고 고요하던 세상은 활기가 넘쳤다. 나만이 고통 속에 몸부림치고 있었다. 매일매일 새벽을 견디고 아침을 맞았다. 고통의 밤들이 더해지면서 그대로 사라지고 싶다고 생각한 적도 많았다. 사라지고 싶어도 사라질 수 없었다. 내 몸 하나 맘 편히 사라질 곳이 없었다. 사라질 수 없는 날들을 버티고 견디며 기다렸다. 살아지고 싶을 날들을.

> **#**
>
> 통증으로 힘든 새벽, 어떤 생각을 떠올리며 버틸 수 있으셨나요?
>
> ----------------------------------------
>
> ----------------------------------------

$$\textstyle\bigcirc\; 1$$

# 그리움을 향한
# 코코의 기억

"기억해 줘. 지금 떠나가지만 기억해 줘. 제발 혼자 울지 마. 몸은
저 멀리 있어도 내 맘은 네 곁에. 매일 밤마다 와서 조용히 노래해
줄게."
                                                    - 영화 <코코>에서

　남편은 〈나는 자연인이다〉라는 TV 프로그램을 즐겨본다.
재방송도 몇 번씩 시청해서 자연인 얼굴만 봐도 무슨 사연으
로 자연인이 되었는지, 어떤 집에 사는지, 만드는 음식의 재
료까지 전부 알 정도다. 유명 연예인이 초대 손님으로 나오
는 것도 아닌데 10년 넘게 방송되며 장수 프로그램으로 자리
잡는다는 건 쉬운 일이 아니라고 한다. 〈나는 자연인이다〉가
오래도록 사랑받는 이유는 모든 사람이 자유를 갈망하고 있
기 때문이라는 말이 있다.
　성인이 되면 각자 크고 작은 의무에 치이며 삶을 살아간

다. 개인의 바람이든 가정을 지키기 위한 책임이든 사회에서 버티려면 적지 않은 에너지와 노력을 쏟아부어야 한다. 지치고 힘들어도 모두 해야 할 제 몫이 있다. 힘에 부칠 때마다 〈나는 자연인이다〉 프로그램을 보며 대리만족을 느끼는 걸 아닐까. 누구나 자연인처럼 당장 어디론가 떠나 아무도 만나지 않고 책임과 의무에서 벗어나길 바란다. 기본적인 의식주만 해결하며 스트레스 없이 자유롭게 혼자 사는 삶을 꿈꾸기도 할 것이다.

20대 초 일찍 가정을 꾸렸다. 결혼 후에 아이들을 돌보며 혼자만의 시간이 없었다. 아이가 태어나기 전까지 쭉 직장 생활을 했다. 아이가 태어난 후에는 직장을 그만두고 육아를 전담했다. 집안일과 육아 모두 완벽하게 하려는 욕심에 피로도와 스트레스 지수가 높았다. 가정 경제를 위해 묵묵히 일하는 게 남편의 일인 것처럼 남편이 신경 쓰지 않도록 아이들을 돌보며 집안을 챙기는 건 나의 일이었다. 벌어다 주는 돈으로 살림만 하는 걸 쉽게 보고 전업주부의 일에 대해 하찮게 여기는 사람들도 있다. 돈을 벌기 위해 하는 일도 10년 넘게 하면 질리기 마련이다. 이게 정말 나의 길인가 갈팡질팡하는 시기가 온다. 10년 넘게 해도 해도 티가 나지 않고 어떠한 인정과 성과도 없는 집안일에 서서히 지쳐갔다. 가족을 챙기며 해야 하는 수많은 인지 노동과 가사 노동이 버거웠다. 매일매일 이어지는 똑같은 일상이 언제 끝날지 모르는 싸움처럼 길게 느껴졌다. 표현할 수 없는 답답함을 마음에 두고 살아가면서 해야 하는 모든 일이 벅찰 때쯤 암을 진단받았다.

가끔은 단 하루라도 남편과 아이들을 떠나 나 혼자 편하게 쉬고 싶다고 생각했다. 하루만이라도 식사 준비, 설거지, 청소를 하지 않고 아무도 신경 쓰지 않으며 먹고 싶을 때 먹고, 자고 싶을 때 자는 자유로운 생활이 있기를 바랐다. 단 하루라도 원하던 나의 자유는 아이들이 성인이 될 때까지는 힘들 것 같았지만 결혼 12년 만에 생각보다 빨리 이룰 수 있었다. 그게 암 수술을 위한 병원 입원이었기에 내가 원한 자유의 방향은 아니었지만.

유방과 난소 절제 수술을 위해 일주일가량 입원 기간이 정해졌다. 극 내향형으로 소음에 민감하고 낯선 사람과 지내는 것에 불편함을 심하게 느끼는 걸 아는 남편은 병원 1인실을 잡아주었다. 하루 전날 미리 입원하여 수술 전 검사들을 받았다. 남편은 저녁에 잠깐 들렀다. 금식인 내 앞에서 김밥을 먹고 후식으로 아이스크림까지 야무지게 먹은 후 아이들이 있는 집으로 향했다. 다음 날 수술 시간에 맞춰오겠다는 말을 남기고.

남편이 간 후 혼자 1인 병실 침대에 쓸쓸히 누워 있자니 하염없이 눈물이 흘렀다. 남편과 아이들 없이 얻고 싶은 나만의 휴가는 이게 아니었는데 울적했다. 괜히 1인실로 했나 후회가 밀려왔다. 다인실로 했다면 사람들이 있어 눈물을 참았을 수도 있다고 생각했다. 그렇게 혼자 있고 싶은 시간이 간절했지만, 아픈 순간에 혼자 있어야 한다는 사실은 서글펐다. 암을 진단받고 수 없이 떠오른 '내가 왜 암이야.'부터 '여기가 어디야, 내가 왜 여기 있어야 해?'라고 말하며 설움과 슬픔, 분노가 뒤섞인 감정이 터져 나왔다. 그동안 쌓아 둔 감정들이 몰아쳐 주체할 수 없이 힘든 밤을 보내고 있었다. 조용한 병실에서 한참 동안 울음소리만 들리고 있을 때 첫째 아이에게서 메시지가 왔다. 나와 함께 봤던 영화 〈코코〉의 한 장면이었다.

〈코코〉는 내가 제일 좋아하는 애니메이션으로 뮤지션을 꿈꾸는 소년이 죽은 자들의 세상을 경험하는 내용을 담고 있다. 음악이 많이 나오는 영화로 주인공들이 노래를 부르는 장면이 수시로 나왔는데 첫째 아이가 내게 어떤 노래가 가장 좋은지 물은 적이 있었다. 엄마가 좋다고 한 노래를 기억했다가 스마트폰으로 영상을 찍어 메시지로 보내준 거였다. 엄마에게 영화 장면을 찍어 보내면서 아이는 어떤 생각을 했을까. 엄마 혼자 무료한 시간을 보낼지 걱정스러워 좋아하는 노래를 보냈을지도 모르겠다.

나는 때때로 자유를 꿈꾸고 결혼 전 생활을 그리워하기도 했지만 아이는 태어나는 순간부터 엄마인 내가 전부였으리라. 세상 전부인 엄마가 아파서 병원에 있다면 전부를 잃을지도 모른다는 생각에 불안했을 것이다. 아픈 모습을 티 안내려고 노력했지만 달라진 상황이나 분위기로 내 아픔이 아이에게 고스란히 전해졌을지 모를 일이었다. 불안 속에서 보내준 노래 영상에서 엄마를 위하는 아이 마음을 고스란히 느낄 수 있었다. 엄마만을 생각하고 병원에서 엄마가 올 날만을 기다릴 게 분명했다. 엄마를 위해 영상을 찍고 있었을 첫째 아이가 상상되어 고마우면서 이런 상황을 겪게 만들어 미안했다. 아이들을 생각하니 온전한 슬픔이 올라왔다. 아이가 보내 준 영상을 셀 수 없이 보다 보니 자꾸만 눈물이 났다. 실컷 울면서 담아두었던 고달픔을 토해내었더니 아이들을 생각할 때마다 한없이 요동치던 슬픔이 차츰 잠잠해졌다.

어린 시절 엄마의 빈자리를 느끼며 살았기에 엄마가 아이에게 어떠한 존재인지 알고 있다. 엄마의 빈자리가 아이에게 어떤 영향을 끼치는지는 더욱 잘 안다. 그 순간 나는 아이들에게 엄마의 빈자리를 느끼게 하고 싶지 않다는 생각뿐이었다. 암 수술을 위해 처음으로 아이들과 떨어진 날 밤. 자유를 그리워했던 마음은 뜨거운 물에 떨어트린 얼음 녹듯 사라졌다. 병원에서 보낼 일주일간의 자유로 인해 사라진 마음은 아니었다. 아이들에게 나는 어떤 기억으로 남을까. 사는 동안 좋은 추억을 남기고 싶었다. 아이들과 오랜 시간 함께 있고 싶은 마음이 절실했다. 아이들은 아직 엄마의 손길이 필요한 어린 나이였다. 예민한 사춘기를 보듬으며 함께 지내고 아이들 곁에 있는 것이 오로지 내가 할 일이었다.

영화 〈코코〉에서 코코의 아빠는 좋아하는 음악을 하기 위해 딸이 어릴 때 가족을 등지고 떠났다. 아빠는 음악을 선택하고 책임을 벗어나 자유를 찾아갔지만, 어린 코코는 아빠를 기억하고 늘 그리워했다. 무수한 세월이 흘러 할머니가 되어서도 다른 기억들은 가물가물했지만, 아빠가 불러주던 노래만은 잊지 않고 있었다. 죽은 자의 세계에서 돌아온 손자가 어린 시절 아빠가 불러주던 노래를 불러주자 기억하고 아빠를 떠올렸다. 코코는 아빠와 함께한 시간은 짧았지만, 긴 세월 아빠를 그리워하며 잊지 않으려고 애썼다.

오랫동안 아빠를 그리워했던 코코처럼 아이들이 엄마와 함께한 시간보다 그리워하는 기간이 더 길 수도 있겠다는 생각이 들었다. 아이들에게 엄마와 긴 시간 함께한 기억을 남겨주겠다고 마음먹으니 슬픔이 잦아들었다. 다음 날 수술을 기다리며 첫 자유의 밤은 아이들을 그리워하다 잠이 들었다.

---

**#**

수술 전날 잠이 들기까지 어떤 생각을 하셨나요?

-------------------------------------------------

-------------------------------------------------

---

아픈데 괜찮을 리 없잖아요

# 불편한 몸과
# 마음을 달래며

"억지로 산다. 날아가는 마음을 억지로 당겨와 억지로 산다."

- 드라마 <나의 아저씨>에서

    어느 날 갑자기 암을 진단받고 반복된 검사와 항암치료를 거치며 7~8개월의 시간이 지났다. 쉴 틈 없이 정해진 날짜에 항암 주사를 맞고 다시 건강했던 순간으로 돌아가고자 항암 부작용을 버티며 어느 때보다 치열하게 살아 낸 기간이었다. 마지막 항암이 끝나고 수술만을 남겼을 때 유방암 관련 온라인 카페에서 본 글이 떠올랐다. '수술이 가장 쉬웠다. 수술 침대에 누워 마취 후 눈 떠보니 수술이 끝나 있었다.'라며 수술이 제일 쉬웠다는 글들을 볼 수 있었다.

    숫자 10까지 세어보라는 말을 듣고 마취를 시작했는데 하나, 둘, 셋쯤 세었을 때 잠이 들었다. 눈을 떠 보니 수술은 끝났고 회복실을 거쳐 밤새 울던 1인 병실로 돌아와 있었다. 눈 뜬 직후 난소 제거술로 인한 배 당김과 가슴 제거 수술로 인한 통증이 함께 왔다. 전혀 움직일 수 없었다. 통증에 대한 짜증, 외로운 아픔으로 인한 설움, 모든 감정이 뒤섞인 눈물이 동시에 밀려왔다. 수술은 쉬웠으나 수술 후의 증상은 감당하기 쉽지 않았다. 이따금 간호사가 들어와 진통제를 놓아주면서 움직여야 회복이 빠르다며 병원 복도 걷기를 재촉했다. 통증과 무기력으로 이틀 동안 식사도 거른 채 누워만 있었다. 신체 일부와 멀쩡하게 있던 장기를 떼어냈으니, 몸과 마음이 정상이라면 오히려 이상할 노릇이었다.

바뀐 간호사가 짜증 섞인 목소리로 움직여야 한다며 나를 억지로 일으켜 세웠다. 배를 부여잡고 구부정한 자세로 억지로 걷고, 억지로 먹었더니 몸도 기분도 차츰 나아졌다. 걷는 자세도 점차 좋아졌고, 진통제를 맞지 않고 참을 수 있을 만큼 통증도 줄었다.

수술을 위해 입원한 일주일의 시간이 지나고 퇴원 날이 되었다. 병원에서 다른 환자들의 이야기를 들어보니 수술 후 회복 기간에 친정엄마의 간호를 받는다는 사람들도 있었고 당분간 요양원에서 지낸다는 사람들도 있었다. 나는 친정엄마의 간호를 받을 수 있는 처지도 아니고, 그렇다고 요양원에 갈 수 있는 환경도 되지 않았다. 일을 하며 남편 혼자 아이들을 돌볼 수 없을 것 같아 걱정이 앞섰고 엄마의 부재로 힘들었을 어린아이들이 눈에 밟혀 집으로 향했다.

병원에서 움직임이 덜해 나아진 것 같았던 수술 후의 통증이 집에 와서 다시 시작되었다. 가슴 제거 수술을 하며 림프절을 떼어내어 근육이 땅겼고 통증으로 팔을 올릴 수 없었다. 남편이 일찍 퇴근해 둘째 아이 하원을 챙겼고 식사 준비와 집안일을 했다. 바쁘게 일하고 돌아와 주방에 있는 모습에 미안함과 고마운 마음이 동시에 들었다.

밤에는 가족들이 있어 견뎠다면 아무도 없는 낮에는 외로움이 컸다. 아픔과 그 아픔으로 인한 슬픔 속에서 나는 철저하게 혼자였다. 남들처럼 친정엄마가 있었다면 힘든 순간을 함께 하고 같은 여자로서 나의 아픔을 이해받을 수 있지 않았을까. 얼굴도 기억나지 않는 엄마를 마음속 깊은 곳에서 불러내 다그쳤다. 나는 왜 혼자여야 하냐고. 아무에게 말 못하고 왜 혼자서 다 감당해야 하는 거냐며. 어린 시절 엄마가 있었으면 좋겠다는 생각을 억누르며 어른인 척하던 애어른은 시간이 지나 몸만 자란 어른아이가 되어 엄마를 그리워하고 있었다.

수술 후 시간이 지나며 몸의 통증은 차츰 호전되었지만, 암을 겪으며 지친 내 모습을 바라보는 마음의 회복은 더뎠다. 가슴뼈가 도드라지게 보이는 왼쪽 가슴을 바라보는 건 쉽지 않았다. 사라진 가슴을 마주하며 무뎌지고 익숙해질 뿐 나아지지 않을 것 같다는 생각도 들었다. 마음이야 어떻든 가슴과 난소를 잃고 생명을 얻은 것에 만족해야 했다.

길다면 길고 짧다면 짧은 투병 기간의 마무리는 방사선 치료였다. 방사선 치료를 받을 부분을 표시하기 위해 기계에 누웠다. 수술 후유증으로 아직 팔에 통증이 심했으나 가까스로 팔을 올렸다. 검사 기간에 셀 수 없이 검사복을 젖히며 가슴을 보였지만 한쪽 가슴이 없는 모습으로 차가운 방사선 기계에 누워 있자니 서글픔이 몰려왔다. 항암, 수술, 회복 기간에 여러 번 무너질 뻔한 나를 또 일으켜 세워야 했다.

힘든 순간에도 암이라는 병은 순간순간 살아있는 것에 감사함을 느끼게 했다. 한편으론 살기 위해 겪어야 하는 과정들이 복잡한 감정들로 다가왔다. 나 혼자 겪는 것 같은 암으로 인한 고통과 외로움에는 지겹도록 슬픔이 함께했다. 그렇지만 매일 슬프기만 한 건 아니었다. 다행히 조건이 맞아 신약 임상 실험에 참여할 수 있게 되어 불행 중 다행이었다.

불행 중 다행이라는 말은 누가 만들었을까. 꽤 많은 불행을 겪은 사람이 위안 삼아 만든 말은 아닐지 추측해 봤다. 암이라는 질병을 겪으면서 불행 중 다행이라는 말을 여러 번 되뇌었다. 암이 더 크게 자라기 전에 멍울을 발견해서, 림프에는 전이 되었지만, 장기까지 전이되지 않아서. 항암 치료를 받으며 몸은 힘들었지만, 치료 결과가 좋아서. 떼어낸 14개의 림프절에 전이 된 개수가 3개뿐이라서. 매 순간이 불행 중 다행이었다. 수많은 불행 중 다행의 시간으로 치료 기간을 버텼다. 산다는 건 이런 불행 중 다행인 순간들이 채워져 삶에 대해 감사함과 소중함을 알아가는 시간이 아닐까? 임상 실험 참여를 이유로 매일 가야 하는 방사선 치료가 17회로 짧게 결정되어 체력 소모를 줄일 수 있게 된 것 역시 불행 중 다행이었다.

암을 받아들이고 치료 방향이 정해지기 전까지 마음 졸이고 애태우던 시간이 있었다. 암이라는 병이 주는 압박을 이기기 위해 스스로에게 용기를 주며 치료를 기다리는 게 쉽지 않았다. 항암 치료를 받는 기간 동안 항암 부작용을 견디는 건 그보다 더 고통스러웠다. 수술 후에 찾아온 통증들은 약해진 몸만큼 마음도 약하게 만들어 매일 눈물짓게 했다. 그럼에도 좌절하지 않고 매일 매일 버티고 견디며 살아갔다. 힘든 투병 기간을 지내면서 아픔을 이겨낼 수 있었던 이유는 고통의 끝이 있다는 확실한 사실 때문이었다. 험난한 시련을 이겨 낼 힘이 나에게 있다는 굳은 믿음도 나를 버티게 했다. 비록 젊은 나이에 암 환자가 되었지만, 이 불행이 나를 더 강하게 할 수도 있다고 생각했다. '나를 죽이지 못하는 고통은 나를 더 강하게 만든다.'는 철학자 니체의 말처럼 나는 더 강해졌기를 바랐다. 강인하게 버텼기에 이제 고통의 긴 터널의 끝이 보이는 것 같았다.

살다 보면 극복해야 할 일들을 수도 없이 만나게 된다. 어려운 환경, 나쁜 상황, 아픈 몸, 많은 나이, 지친 일상. 목표를 향해 달려갈 때 극복해야 할 일들은 넘쳐나는 데 극복의 시간을 어떻게 보내느냐에 따라 삶의 방향이 정해진다. 젊은 나이에 진단받은 암은 그동안 살아온 삶을 뿌리째 흔들기 충분했다. '왜, 나인가.' 억울한 마음도 하염없이 올라왔다. 그럼에도 더 나은 삶을 위해 암은 극복해야 할 하나의 과제 같앉다. 과제를 해결하면 삶에 다른 일들이 생기겠지만 일단은 주어진 과제에 충실한 게 최선이었다. 어렵고 힘든 일을 극복할수록 시련에 맞서는 힘은 강해지고 그 뒤에 오는 행복은 더 달콤하리라 믿는다.

#

암 투병 중 당신이 불행 중 다행이라고 느꼈던 순간들은 언제였나요?

-------------------------------------------------------------

-------------------------------------------------------------

:

# 3장

# 불행은 요란하고
# 행복은 잔잔하다

:

$$\boxed{1}$$

# 오늘을 살아가는 모습은
# 거기서 거기

"인생을 꼭 이해하려 하지 말라. 인생은 축제와 같은 것 하루하루
일어나는 그대로 맞이하라. 길을 걷는 아이의 발걸음 위로 바람이
불 때 흩날리는 꽃잎이 선물이 되듯."

- 라이너 마리아 릴케, 「인생」에서

삶의 희로애락을 담으며 매일 흥미로운 에피소드를 방송하는 시트콤. 대부분 유쾌한 이야기로 재미를 주는데 한 PD는 재미와 함께 큰 충격을 주는 결말로 유명하다. 그가 제작한 시트콤 〈지붕 뚫고 하이킥〉에서는 '시간이 이대로 멈췄으면 좋겠어요.'란 마지막 대사를 남기고 비중 있던 출연자 두 명이 갑자기 차 사고로 죽고 만다.

시간을 거슬러 20년 전 같은 PD가 연출한 〈웬만해선 그들을 막을 수 없다〉도 시트콤 같지 않은 결말로 시청자들을 놀

라게 했다. 가족을 보살피고 집안의 대소사를 책임져 기둥과 같던 큰 며느리가 마지막 회에 느닷없이 암으로 죽는다. 3대가 북적거리던 대가족을 책임으로 보살피고 이웃과 손님을 가족처럼 대접하던 큰 며느리는 암이라는 불청객도 그대로 받아들이고 죽음을 맞이한다. 매일 시끌벅적 사람이 넘쳐나던 공간에는 쓸쓸함만이 남아 적막이 흐른다. 자신을 극진히 모시던 며느리. 항상 곁에서 함께할 것 같았던 인생의 동반자 아내. 사랑하지만 표현에 서툴러 말썽만 부렸던 자식들을 받아 준 엄마. 가족들은 사랑하던 사람의 모습을 각자 추억한다. 당시 결말을 두고 시청자 게시판에 수백 건의 항의 글이 올라왔다는데 왜 그랬을지 이해가 간다. 행복과 유쾌함만을 담아야 할 것 같은 시트콤에 남겨진 이들이 떠난 사람을 그리워하는 결말을 비추는 이유가 뭘까 궁금했다.

어릴 때는 재미있는 시트콤의 결말을 행복으로 마무리하지 않아 시청자들의 원성을 듣는 연출자를 이해할 수 없었다. 세월이 흘러 암이라는 큰 파도를 만나 헤쳐 나가야 할 상황을 맞닥뜨리니 연출자의 의도가 조금은 이해되었다. 누군가는 암으로 인해 매일 슬퍼만 할 것이라고 생각할지 모르겠다. 그러나 불행 속에서도 살기 위해 사소한 일들에 감사하고 희망을 찾는 게 사람이다. 살다 보니 매일매일 행복한 일만 있는 게 아니며 하루하루 불행으로만 살지도 않는다는 사실을 알 수 있었다. 어떤 일이 잘 풀려 행복만 가득할 거 같은 상황에도 고민과 걱정거리가 공존한다.

암을 겪고 있으면서 마음의 소용돌이를 다스리지 못해 자책하는 날이 많았고 우는 날이 늘었지만 그럼에도 가족들과 있을 때는 웃음이 났다. 가족을 보살피고 내가 가족에게 있어, 가족이 나에게 있어 감사했다. 그나마 통증이 덜한 날에는 내가 할 수 있는 일을 찾았다. 취미생활로 잠시 아픔을 잊을 수 있기를 바랐다. 암성 피로로 일상은 걸핏하면 삐그덕거렸지만 나는 여전히 하루하루를 살아가고 있었다.

내가 겪고 있는 암의 모습이 저마다 다른 모습의 아픔과 상처로 머물러 있을 수 있겠다고 생각했다. 나는 늘 행복을 바라면서 어리석게도 행복이 무엇인지는 몰랐다. 불행으로 느낀 암이 오고 나서야 내 행복을 바로 볼 수 있었다. 그리고 모든 사람에게 행복의 시간과 불행의 시간은 함께 흐른다는 사실도 깨달았다. 암 환자로 고통받는 현실에서도 웃는 순간은 오고 찬란한 빛이 가득한 순간에도 좌절을 맛볼 수도 있는 게 삶이 아닌가. 모든 일에 흑과 백이 있듯이 인생은 아름

답게 빛나는 순간만 있는 게 아니며 시커먼 암흑만 있는 것
도 아니다. 행복도 불행도 각자가 느끼는 크기는 전부 다르
다. 분명한 건 크기는 다를 수 있지만 대부분이 행복과 불행
둘 다 가지고 있다는 것이다. 고민이 있지 않은 사람은 무덤
에 누워 있는 자들뿐이라는 말은 사람으로 태어나 사는 삶이
다 거기서 거기라는 뜻이 아닐까.

10년 후 〈지붕 뚫고 하이킥〉의 충격적인 결말에 관해 이야
기하는 시청자들에게 연출자는 인터뷰를 통해 이런 말을 남
겼다.

"작품이 희망을 못 줬다 비난하는데, 희망은 그렇게 쉽게
오는 게 아니다. 보는 사람이 위안을 받을 수 있는 쉬운 희망
이란 사실 존재하지 않는다. 그래서 제대로 느끼고 살아라.
그런 의도였다."

좋아하는 시트콤을 보며 어느 날은 사고뭉치 가족들의 어
이없는 에피소드에 '말도 안 돼!' 하며 웃음 지었다. 다른 날
은 '그래 사는 건 비슷비슷해. 그럴 수 있어.' 다르지 않은 평
범한 일상에 공감하고 함께 울기도 했다. 시청자들은 '행복하
게 오래오래 살았어요.'를 바랐겠지만, 행복하게 그냥 오래오
래 사는 게 과연 해피엔딩인지 아무도 알 수 없다. 내가 좋아

하던 시트콤은 살아가는 이야기를 그대로 반영해 웃음을 줬고 어디로 어떻게 흘러갈지 모르는 인생의 마지막도 그대로 표현해 더 기억에 남았다. 시간이 흐르고 나서 보니 모두가 새드 엔딩이라고 말하는 결말에 오히려 공감이 갔다.

어떤 날은 뜻하지 않은 행운이 와 찬란한 하루가 되기도 한다. 어느 날은 의외의 일을 겪으며 당황하는 하루가 될 수도 있다. 또는 아무 일 없는 무난한 하루를 보낸다. 슬픈 일들로 우울을 느끼며 좌절도 한다. 인생에서 잊을 수 없는 크고 작은 중요한 일들을 겪는다. 여러 가지 일을 헤쳐 나가며 절망 속에서도 꿈을 갖고 살아가는 게 인생인 것을. 시트콤과 현실, 그리고 현실의 우리. 행복을 느끼고, 아픔을 이기고, 불행을 견디며 오늘을 살아가는 건 똑같은 셈이다.

> **#**
>
> 각자 다른 듯 비슷한 오늘을 사는 우리, 당신이 생각하는 해피엔딩은 무엇인가요?
>
> -------------------------------------------------------------
>
> -------------------------------------------------------------

## 2

# 겨울 지나고,
# 봄

"저녁이 따스하게 감싸 주지 않는 힘겹고, 뜨겁기만 한 낮은 없다. 무자비하고 사납고 소란스러웠던 날도 어머니 같은 밤이 감싸안 아 주리라."

- 헤르만 헤세, 「절대 잊지 말라」에서

재활 운동을 통해 팔의 움직임이 수술 직후보다 편해졌다. 머리카락도 웬만큼 자라 짧은 헤어스타일이 되었다. 아프기 전에도 놀러 다니던 놀이공원에 가기 위해 아이들 체험 학습 을 내고 학교와 유치원에 결석했다. 거의 1년 만에 온 놀이공 원은 달라진 게 없었지만, 나의 마음과 몸 상태는 많이 달라 져 있었다. 웃으며 놀이 기구를 타고 좋아하는 아이들을 멀 리서 바라보니 눈물이 흘렀다. '우리 아이들과 익숙한 곳에서 익숙한 행복을 다시 찾기 위해 그 고생을 했구나. 이제 나는 정말 괜찮아졌구나.' 치료와 수술이 끝나고 몸 상태가 나아지니 안도감과 홀가분한 마음에서 오는 눈물이었다. 이제는 다 좋아질 거라고, 예전과 다름없는 일상을 보내게 될 거라고 생각했는데 항암, 수술 후유증은 여전히 남아 있었다. 시간이 지날수록 처방받은 호르몬 약의 부작용과 갱년기 증상은 나를 힘들게 했다. 암은 떼어냈고 잘 살 일만 남은 줄 알았는데 느끼는 내 감정은 복잡했다.

하루는 항암 치료를 하던 시기에 있었던 일이 생각났다. 아이 학년 초에 학급 참여를 위해 신청한 어머니 폴리스(아이들 하교 안전 지도)에 가는 날이었다. 영하 10도 이하로 떨어진 추운 겨울이었다. 몸이 좋지 않아 못 갈 것 같다고 간단히 사정을 말하고 빠져도 될 것을 할 일을 해야 한다는 책임감에 치료 중에도 빠지지 않고 참여했다. 항암 치료 막바지라 후유증이 날이 갈수록 심해지고 있었다.

추운 날 외출하고 오면 오한이 유난히 심했다. 떨림을 넘어 몸에 지진이 난 듯 진동이 느껴졌다. 내 몸 상태를 알고 있기에 내복을 3겹 껴입고 겉옷을 입은 후 얇은 점퍼 위에 두꺼운 겨울 점퍼를 걸쳤다. 핫팩을 등에 2개 붙이고 1개씩 양쪽 주머니에 넣은 후 1시간가량 하교 지도와 학교 주변 순찰을 하고 집으로 왔다. 완벽하게 보온에 신경 썼다고 생각했지만, 집에 오니 어김없이 오한이 시작되었다. 점퍼만 벗은 채 온수매트를 50도까지 올리고 겨울 이불을 겹쳐 덮었다. 뼛속까지 바들바들 떨리는 오한을 견디고 누워 있었다. 오후쯤 아이들에게 이른 저녁을 챙겨주었다. 방금 냉동고에서 나온 아이스크림처럼 온몸으로 냉기를 뿜으며 다시 이불 속으로 들어갔을 때 지인에게서 연락이 왔다. 가까이 살아 여행도 함께 다니고 친하게 지냈는데 한동안 연락이 뜸했었다. 내 사정을 알지 못했던 지인은 안부를 물으며 우리 집 근처에 왔다며 오랜만에 아이들과 함께 저녁을 먹자고 말했다. 낮에 외출하고 감기에 걸렸는지 몸이 좋지 않다며 핑계를 대고 다음에 보자고 약속했다. 전화를 끊고 나니 서러움이 밀려왔다.

암을 진단받고 치료를 하면서 하루에도 수없이 무너졌다. 무너지는 걸 누구에게도 들키지 않기 위해 애썼다. 고통에 잘 참으면서 늘 긍정적으로 생각하는 암 환자로서의 성실한 모습까지 챙기려 했다. 세상은 잘 돌아가고 있고, 아는 모든 이들도 그대로 잘 살아가고 있는데 왜 지금 내 모습만 이러할까 억울한 마음을 누르는 것이 쉽지는 않았다. 지금 암이라는 질병에 걸린 내 몸을 원망하지 않기 위해 마음을 달래고 달랬다. 차라리 원망할 대상이나 상황이 있다면 좋겠다고 생각했다. 그랬다면 적어도 스스로를 원망하는 자책은 하지 않았을 테니까.

건강을 잃으면 다 잃는 거라는 말이 떠오르면서, '그렇다면 건강을 잃은 나는 패배자인가.' 하는 생각에 아파했다. 암에 걸린 후 느껴야 하는 수많은 감정의 끝은 항상 눈물이었다. 발끝까지 적신 눈물을 손으로 쓸어 담아 더 이상 채울 수 없을 때까지 나에게 꾹꾹 눌러 담았다. 눌러 둔 눈물들이 차올라 다시 발끝까지 흐르면 더 이상 담지 못하고 젖은 발로 여기저기 나만 알 수 있는 눈물자국을 남겼다. 질병은 내 몸과 마음 여기저기에 상처와 함께 눈물 자국을 남겼다.

이따금 어지러운 마음으로 중심을 잡지 못하고 들리는 말들에 흔들렸다. 힘든 일을 겪고 있어도 이렇게 살아 있어 다행이지 않냐는 타인의 지나가는 말을 수긍했다. 삶의 힘듦을 경험했으니 더 긍정적으로 감사함을 느끼고 살아야 한다는 조언에도 끄덕였다. 모든 이야기와 상황에 의미를 두고 큰 깨달음을 얻어야 한다는 생각에 동의했다. 들리는 말들 속에 아팠던 만큼 더 잘 살아야 한다고 나를 타일렀지만 쉽지 않았다. 나의 아픔을 그대로 바라보는 건 어려웠다. 나에게 깊은 연민을 갖고 스스로를 동정하며 안타까운 사람으로 만들어 괴롭혔다. 나를 괴롭힌 끝에는 이불을 뒤집어쓰고 죽음의 두려움인지, 항암 약의 후유증인지 모를 떨림을 견뎌내는 나만이 있었다. 나를 안아주고 이해해 줄 사람은 오로지 나뿐이라는 걸 그때는 알지 못했다. 잘 견디고 있다고 이제 거의 다 왔다고, 조금만 더 힘을 내보자고 내게 말할 사람은 나 자신이었다.

내가 지쳐있을 때 타인에게 위로를 기대하기보다 스스로 따뜻하게 안아줄 수 있었다면 어땠을까. 감정을 억누르고 드러내지 않는 게 성숙한 사람이 아니다. 자신의 마음을 알아채지 못하고 있기에 오히려 미성숙한 쪽에 가깝다. 진정 성숙한 사람은 자신의 기분을 알고 표현을 통해 감정을 받아들인다. 타인에게 나의 마음을 보이기 힘들다면 자신에게라도 솔직히 보여주고 위로해 주는 사람이 되어야 한다. 누구에게도 내 아픔을 함께 나누고 공유할 사람이 없다면 자신만이 유일하게 나를 공감하고 안아줄 사람이다. 나를 꼭 안아주는 사람만이 힘든 순간을 아픔 없이 벗어날 수 있다.


추위를 많이 타는 내게 그해 겨울은 몸도 마음도 몹시 추

웠다. 유난히 추웠던 겨울이 지나갔으니 더욱 따스한 봄을
기다린다. 그럴 자격이 있기에.

#

힘든 순간 어떤 방법으로 스스로를 안아주고 위로하셨나요?

---

---

# 3

# 버리고 버려도
# 가진 게 많은 사람

"사람은 기쁨뿐 아니라 슬픔, 분노, 불안, 두려움 같은 감정을 느낄
때야 비로소 그 대상이나 존재, 가치 등이 자신에게 소중하다는 것
을 혹은 반대로 사소하다는 것을 알아차린다."

- 유선경, 『감정 어휘』에서

1년여 동안 항암치료와 수술, 수술 후 회복 기간을 거쳤다.
투병 기간에는 가사 도우미의 도움을 받으며 집안일에 신경
을 쓴다고 썼지만, 예전처럼 가사 노동을 하는 건 어려웠다.
아프기 전, 나는 양말과 속옷을 군대처럼 각을 잡고, 줄을 맞
춰 두어야 할 정도로 집안일에 강박을 가지고 있었다. 머리
카락 한 올, 먼지 한 톨 없이 숱하게 하던 청소가 체력 저하로
짐처럼 느껴졌다. 청소기만 돌려도 다 마친 후 그 자리에 두
시간은 누워 있어야 했다. 돌아다니는 머리카락과 먼지들을

보는 건 아픈 몸을 받아들여야 하는 것만큼 달갑지 않았다.

본의 아니게 소홀할 수밖에 없었던 1년이 고스란히 기록된 집을 이사하는 날이 다가왔다. 주부로서 이사는 큰일에 속한다. 요즘은 포장 이사가 대중화되어 짐을 포장하고 풀어 넣는 수고는 줄었지만 이사 후 정리는 살림하는 사람의 몫이다. 이사 가서 정리 정돈이 조금이라도 수월해지려면 미리 해야 할 일이 있다. 오래되어 낡고, 더 이상 사용하지 않는 불필요한 물건들을 처분하는 일이다. 그동안 정리하지 못하고 구매만 했기에 짐이 많이 늘었다는 건 한눈에 봐도 알 수 있었다.

힘들었던 몸을 추스른 후 아이들과 제주로 여행을 떠났다. 끝없이 보이는 바다, 아름다운 자연을 보며 그동안 지친 몸과 마음을 치유할 수 있었다. 아픈 기억을 보듬고 살고 싶은 마음은 예전과는 다른 새로운 환경을 원했고, 나는 제주로 이주를 결정했다. 원거리 이사로 짐을 줄여야만 했다. 비싸서 남겨두고 아까워 버리지 못한 두 아이의 장난감과 육아용품들. 첫째 아이, 둘째 아이 추억이 있어 버리기 아까웠던 물건들을 정리했다. 쓸 만한 물건은 필요한 사람이 즐거운 마음으로 살 수 있도록 중고 시장에 저렴하게 내놓았다. 결혼하여 주부로 지낸 세월이 어느덧 15년이었다. 사용하지 않으면서 자리만 차지하던 주방용품들은 미련 없이 버렸다. 좋아하던 그릇들과 소형 가전제품들만 남겨두었다. 오래되어 너절한 이불들과 크기가 작아진 아이들의 옷, 유행 지난 의류와 가방들은 버리고 필요한 지인이 있으면 나누었다.

필요한 물품을 분류하고 버릴 물건을 처리하는 일은 한 달 동안 이어졌다. 쌓아두었던 물건의 양이 어마어마했다. 그렇게 오랜 시간 내가 살아온 흔적이었던 물품들을 정리했다. 그동안 쓰레기들과 같이 산 것인가. 물건에 치인다는 게 이런 것일까. 당시에는 꼭 필요하단 생각에 산 제품들이 재활용장으로 갔고 100L 쓰레기봉투 여러 장에 가득가득 담겼다. 꼭 필요한 가족의 물건들과 살림 용품만 남기고 줄이고 줄여 이삿짐을 포장했다. 오랜 시간 버리지 못하고 가지고 있던 물건들을 정리하는 건 힘들었지만, 덕분에 홀가분한 마음으로 제주로 이주할 수 있었다.


물건을 정리하다 보니 불필요한 물건이 남아 있듯 나에게도 쓸데없는 생각들이 자리 잡고 있다는 걸 알 수 있었다. 잊지 못하고 붙들고 있는 낡고 오래된 기억과 생각들이 있다. 마음과 뇌에 박혀버린 기억과 그것들에 대한 사유는 물건 버리듯이 쉽게 끝낼 수가 없다. 불필요하지만 아까워 처분하지 못하면 공간을 활용할 수 없듯이, 좋지 않은 기억을 버리지 못하면 새로운 마음과 기운이 들어올 자리를 잃는다. 한 번에 물건 버리듯이 마음을 비우고 자신을 바꾸려 한다면 힘이 들 수밖에 없다. 공간을 정리하듯 조금씩 마음 정리가 필요하다. 나를 힘들게 하는 케케묵은 생각과 감정은 버리고 없애야 새로운 마음으로 시작할 수 있다. 불필요한 생각과 불편한 감정을 쌓기만 한다면 정리되지 않은 집에 계속 물건을 구매하는 것과 같다. 물건 버리듯이 좋지 않은 생각도 버리고 나면 개운함을 느낄 수 있다.

이삿짐을 챙기며, 상처와 같던 오래된 기억들은 덜어내고 상실감에 힘들었던 마음들은 떨쳐 버렸다. 고약한 사람은 지우고 어두운 순간들은 뭉개 버렸다. 보잘것없는 마음과 감정을 버려야 다시 새로운 기억들이 만들어지고 행복의 순간들을 기억하며 살 수 있을 거라고 믿었다.

하나하나 버리다 보면 머릿속도 비어 있는 주방 서랍장처럼 복잡하지 않고 미니멀하게 살 수 있지 않을까. 쉬운 일은 아니다. 물건 버리듯이 쉽게 되지 않는다 해도 자책할 필요는 없다. 사람의 감정이 어디 그리 쉬운가. 버린 물건도 '괜히 버렸네.' 하며 후회하고 필요에 의해 재구매하는 경우가 생긴다. 정리와 구매를 반복하다 보면 내게 꼭 필요하고 소중한 물건들만 곁에 두고 사용하게 된다. 마음도 비슷하다. 불필요한 생각들을 계속해서 버리다 보면 진정 내게 필요한 사유와 감정만이 남는다. 불현듯 찾아온 암은 잘못 산 물건은 버리고 반품하듯 부정적인 마음이나 우울한 감정은 걸러내고 비워 내는 법을 알려주었다. 그렇게 물건도 생각도 버리고 나니 사는 게 단순해지고 자유로워졌다.

필요에 의해 구매했지만 챙겨야 할 캠핑용품들이 여행 갈 때 부담스러워졌다. 다녀와서 닦고 말리고 정리해야 하는 일들이 힘에 부치기도 했다. 지금은 수영복을 입고 간단한 간식만 챙겨 바다로 나간다. 물건도 간소화하고 남에게 잘 보이려 했던 마음과 예뻐 보이려고 노력했던 외모에 대한 강박도 내려놓았다. 작은 변화들로 삶이 수월해지길 기대한다. 버리고 버려도 사라지지 않는 기억과 감정들이 내 마음 구석구석 자리 잡고 있는 건 아닌지 들여다보자. 내 감정에 치이지 않도록 나를 무력하고 좌절하게 하는 힘겨운 생각은 이제 더 이상 곁에 두지 말길 바란다. 버렸는데 거듭 오면 어떻게 하냐고? 또 오면 어떠한가. 다시 버리면 될 것을.

#

단순한 삶을 위해 비워야 한다고 느끼는 불필요한 생각들은 무엇
인가요?

----------------------------------------------------------------

----------------------------------------------------------------

# 되돌아가지 않고
# 시작하기

"과거의 기억으로 달려가는 생각을 붙잡아 지금 여기로 갖다 놓는
다. 내가 살아야 할 곳은 지금 여기이지 과거가 아니다."

-박은봉, 『치유 일기』에서

드라마 〈눈이 부시게〉에서 혜자 역의 한지민은 택시 운전
사인 아버지의 사고를 막기 위해 자신이 가진 마법 시계를
뒤로 감는다. 반복해서 시계를 감았으나 끝내 사고는 막지
못했다. 시계를 무리하게 돌린 탓에 20대 혜자는 70대 할머
니가 되고 만다. 마법 시계를 가진 주인공의 판타지 드라마
인 줄 알았지만, 사실은 70대 혜자가 치매에 걸려 20대라고
착각하는 안타까운 내용이다. 어릴 적에 병으로 장애가 생긴
아들의 다리를 치료해 주고 싶은 엄마의 마음은 치매에 걸린
후 마법 시계를 만든다. 그 안에서 자신이 늙어 가는지도 모

른 채 자꾸만 시계를 되감는다.

　푸른 바다와 자연을 매일 보기 위해 힘들게 짐을 줄이고 제주로 이사했으나 얼마 후 코로나가 심해졌다. 당시에는 모두 그랬겠지만 코로나 확산으로 아이들과 제주에서 고립된 생활이 이어졌다. 매일 집에만 있던 아이들은 전에 살던 동네가 그리운지 이야기를 곧잘 꺼냈다. 단지마다 있던 큰 놀이터, 뛰어나가면 언제든 볼 수 있는 친구들, 조금만 가면 맛있는 음식이 가득한 식당 거리 등. 코로나 기간이 길어질수록 동네와 친구들에 대한 그리움은 멈출 줄 몰랐다. 아이들에게 제주는 나처럼 아름답게 생각되지 않는 모양이었다. 첫째 아이가 옛 동네를 그리워할 때마다 너의 그리움은 예전의 동네가 아니라고 말해주었다.
　"그때 다른 동네에 살고 있었다면 그곳을 그리워했을 거야. 그 시절, 거기 있던 네가 그리워 그때가 생각나는 거야. 지금 예전 동네에 간다고 해도 다시 그 시절로 돌아갈 수는 없어. 코로나가 심해 놀이터에는 아무도 없어. 지금 제주처럼 학교에 가지 못해. 친구들도 못 만나. 언젠가는 지금 제주에 있는 이 순간을 그리워할 수도 있어. 그러니까 옛 동네와 친구들은 추억으로 남기고 지금은 제주에서 즐거움을 찾아봐."

첫째 아이에게 이렇게 말했지만, 사실은 나도 남모르게 옛 동네와 그때를 그리워하는 날들이 많았다. 첫째 아이가 그리워하던 순간이 나 역시 살면서 제일 즐거웠던 시절이란 생각이 한편에 있었다. 새 아파트로 이사하는 설렘, 사람과 어울리기 좋아해서 늘 북적거렸던 집, 에너지가 넘쳐 지치지 않고 아이들과 시간을 보내던 날들, 정이 들어 친근한 동네의 느낌들, 젊었던 내 모습.

무엇보다 그리운 건 아프지 않았던 그 시절의 나였다. 유방암에 대해 알 필요가 없었던 나. 거울 앞에서 가슴뼈가 보이지 않았던 나. 수술로 인한 부종이 없었던 나. 갱년기 증상을 몰랐던 나. 폐경으로 여러 질병을 걱정하지 않았던 나. 재발의 두려움을 생각하지 않았던 나. 아이들을 떠날지도 모른다는 생각에 불안해하지 않았던 나. 그리운 내 모습은 모두 그곳, 그 시절에 있었다. 가끔 보는 사진 속에 나는 그 시절 안에서만 환하게 웃고 있는 듯했다. 아프기 전 나에게 몇 년간 반짝거리던 삶을 선물해 준 거 같았다. 원래 아팠던 내가 그곳에서 잠깐 건강한 모습의 꿈을 꾸고 온 것처럼 시간이 지날수록 그때의 기억이 아득해져 갔다.

누구에게나 머물고 싶은 시절, 돌아가고 싶은 장소, 돌이키고 싶은 상황이 있다. 마법의 시계가 있다면 몇 번이고 되감아 돌아가길 꿈꾼다. 하지만 우리는 마법의 시계가 존재하지 않는다는 걸 안다. 다시 돌아갈 수 없기 때문에 지나간 시절은 아름답게만 보인다. 다시 돌아갈 수 없기에 행복했던 전부인 것처럼 더욱 그립다. 나도 그때가 나의 전부인 것처럼 그리워했다. 지나가는 내 삶의 일부였던 기억들이 아득해지니 깨달을 수 있었다. 어찌 보면 지금 내가 겪고 있는 일들도 지나가는 삶의 일부라는 사실을. 행복도 불행도 영원한 건 없다. 시간이 좀 걸릴 뿐이지 어떠한 일이든 지나간다. 지나간 삶의 일부는 추억으로 남기고 지금을 견뎌야 새로운 기억들이 모인다. 새로운 기억의 조각이 모이고 모이면 그리운 기억은 아름다운 추억으로 남는다. 새롭게 다가올 나의 삶을 맞이할 수 있다.

한때 최고의 전성기를 보낸 연예인들과 그때 그 시절 추억의 노래들을 담은 프로그램을 볼 수 있다. 유행이 지난 노래들을 좋아하는 이유는 그 시절의 내가 그리워서다. 음악을 듣던 장소, 음악을 듣던 나이, 음악을 들으며 느꼈던 그때 기분. 그 노래를 들으며 만났던 사람과의 기억들로 그때의 나를 추억할 수 있다. 돌아갈 수 없는 시절을 잠시나마 느끼게 해준다. 하지만 짧은 시간 느낀 좋았던 기분을 뒤로 하고 현실로 돌아오게 되어 있다.

코로나가 잠잠해진 후 첫째 아이는 새로운 환경에 적응하며 학교에 다니고 새 친구를 사귀었다. 시간이 지날수록 옛 동네를 그리워하는 말들은 줄었다. 이제 첫째 아이는 어린 시절 살던 동네로 돌아간다고 해도 예전과 같지 않다는 걸 잘 알고 있다. 옛 동네를 그리워하지 않는다. 어린 시절 그때 그 동네에서 '재미있었지.' 하며 즐거웠던 좋은 기억을 추억할 뿐이다. 나 역시 행복했던 지난 기억들을 좇아가지 않고 추억으로 남길 때, 다른 행복들로 현재가 채워질 거라고 믿는다.

---

**#**

암 투병 후 새롭게 시작하고 싶은 삶은 어떤 삶인가요?

--------------------------------------------------------

--------------------------------------------------------

$$5$$

# 억지로 늙어버린
# 나를 마주하며

"고통과 공포 앞에 외모를 따지는 게 무슨 배부른 소리냐고 할지
모르지만, 외모를 잃어간다는 건 일반 사람들이 상상할 수 없는 정
신적 고통을 수반합니다."

- 이병욱, 『암을 이겨내는 당신에게 보내는 편지』에서

노력하지 않아도 얻을 수 있는 건 나이뿐이지만 노력 없이
얻은 나이에도 책임이 따른다. 세월은 그냥 흐르지만 제대로
나이가 든다는 건 어려운 일이다. 최소 '나이는 허투루 먹었
나.'라는 소리를 듣고 싶지 않다면 나잇값을 해야 한다.

점점 늘어가는 흰머리와 주름, 나잇살과 더불어 체력은 떨
어지는 게 노화의 모습이다. 대부분의 사람이 나이 들어 보
이는 게 싫어 동안을 꿈꾸지만 걱정스러운 건 내부 장기들이
다. 고혈압, 고지혈증, 심혈관 질환, 당뇨 등 온갖 성인병들

이 그동안 버텨 온 세월을 증명이라도 하듯 질병의 이름으로 하나, 둘 존재감을 드러낸다. 특히 여성은 초경을 시작으로 30년 넘게 매달 생리를 하고 출산, 수유, 폐경을 거치며 호르몬에 큰 영향을 받는다. 오죽하면 호르몬의 노예라는 말이 있을까.

나이와 노화로 인해 여러 한계에 부딪히기도 하지만 나이 듦이 꼭 억울한 것만은 아니다. 세월이 흐를수록 연륜이라는 게 쌓인다. 연륜에는 세상 살아가는 크고 작은 방법들이 녹아 있다. 나이가 들수록 젊은 날에 의욕들은 점차 사라지고 에너지와 열정은 가라앉지만, 그로 인해 차분하게 내면의 나를 돌아볼 줄 알게 된다. 유연하게 내 삶을 가꾸고 즐기는 여유로움이 생긴다. 나이가 들수록 인생에 관한 생각은 더욱 깊어지고 타인을 배려하는 마음 씀씀이도 넓어진다. 세월 흐름에 따라 겪는 다양한 경험, 문제들을 마주하고 적절한 성취를 얻고 때론 좌절과 함께 성장한다. 노화로 인해 달라지는 신체 변화 역시 성장하는 과정의 일부분으로 자연스럽게 받아들일 때 한층 성숙한 사람으로 살아갈 수 있다.

20대에는 생계를 위해 직장을 다녔고 그 후로는 아이들을 돌보며 전업주부로 지냈다. 직장을 다니며 경력을 쌓기 위해 치열하게 보낸 시간은 아니었지만, 가정에서 해야 할 일들에 대해 알고 가족을 위한 안정과 화목을 위해 애쓴 날들이었다. 그러한 시간 속에서 나의 중년에 대해 생각하기도 했다. 나이가 들어도 좋아하는 운동을 하며 건강하고 활기차게 지낼 거라고 믿었다. 젊을 때처럼 여전히 예쁜 옷들을 입고 날씬한 몸매와 깨끗한 피부를 유지하며 나이보다 젊어 보일 중년의 내 모습을 상상했다. 그리고 중년이 되면 시간의 여유를 즐기며 자유롭게 하고 싶은 일을 하는 삶을 기대했다. 나이 듦에 대한 고민을 통해 내면을 돌아보는 자연스러운 보통 중년의 삶을 꿈꿨다.

BRCA 유전자로 인해 선택해야 했던 난소 제거는 내 몸을 빠르게 중년의 삶을 살게 했다. 여성호르몬이 많아 생긴 호르몬 양성 유방암 세포를 죽이기 위해 시행한 항암치료와 5년간 먹은 약은 조금의 여성호르몬도 내 몸에 허용하지 않도록 씨를 말렸다. 그리하여 재발의 위험을 줄이며 나의 삶은 이어졌으나 30대 중반이었던 신체 나이를 50대로 건너뛰게 했다. 중년의 몸이 되어 여성호르몬 부족으로 올 수 있는 심혈관 질환, 고혈압, 골다공증 등 다른 질병을 걱정해야 했다.

시간의 흐름에 따라 성숙해지는 일련의 과정을 겪지 못하고 신체만 급속도로 노화했다. 신체는 이미 중년이 되어버렸는데 아이들은 아직 엄마의 보살핌이 절실한 나이고 여전히 크고 작은 집안일에 묶여 자유롭지 못한 생활을 이어가고 있었다. 여유롭지 못한 상태는 그대로인데 내 몸만 나이보다 더 늙어버렸다. 변한 건 내 몸뿐이었다. 내 몸이 변화하는 속도를 맞추지 못하고 마음의 성장은 더디게 따라갔다. 암은 차례대로 겪어야 할 인생의 흐름을 멋대로 변화시켰다. 제대로 된 과정과 설명 없이 들이미는 결말은 거부감이 들 수밖에 없다.

검버섯이지 기미인지 알 수는 없는 반점들이 깨끗하던 피부에 하나, 둘 올라오다 셀 수 없이 많아졌고 안색도 어두워졌다. 아이들을 낳고도 유지했던 잘록한 허리선은 온데간데 없이 사라졌고 폐경 이후 붙는다는 피하지방들은 야금야금 구석구석 붙어 옷 사이즈를 두 치수 이상 늘렸다. 머리카락은 가늘어져 신생아 베개에 붙어 있는 배냇머리처럼 빠졌지만, 다시 풍성해지진 않았다. 겉으로 보이는 노화의 모습과 더불어 장기들도 달라졌다. 식사 후 음식 소화는 느려졌고 관절의 마디마디는 통증을 더하며 뻣뻣해졌다. 언제 와도 이상하지 않을 골다공증을 걱정하고 폐경 후 여성에게 높게 나타난다는 심혈관 질환에 귀 기울인다. 수많은 노년의 질병은 이름만 들어도 어질어질한데 기름이라면 참기름도 싫어하던 내게 고지혈증을 안겨줬다.

질병으로 갑작스럽게 오는 노화는 일반적으로 맞이하는 노화보다 몸에는 통증을 더하고 감정의 요동침은 배가 된다고 한다. 예고 없이 다가온 호르몬 변화는 몸에 더욱 무리를 주기 때문이리라. 자연의 순리대로 과정을 거치지 않고 억지로 급히 늙어버린 거울 속 나는 다른 사람같이 낯설게 느껴져 익숙해지는 시간이 필요했다.

일반 폐경기 여성들은 여성호르몬 요법을 사용하고 호르몬 생성에 좋은 음식을 섭취해 갱년기를 수월하게 지나가기 위해 노력한다. 갱년기 건강을 지키고 때로는 조기 폐경 치료를 위해 여성 호르몬 주사를 찾는다. 유방암 환자들은 반대로 호르몬을 없애기 위해 약을 먹고 주사 치료를 하며 여성호르몬 생성에 좋은 음식들을 멀리한다. 그리고 긴 시간 여성 호르몬을 억제하는 약을 먹는다. 여성호르몬 씨를 말리면서 올 수밖에 없는 신체 노화는 가까스로 감당했지만, 감정의 기복과 생활 습관의 변화는 내가 아닌 것 같아 받아들이기 힘든 순간이 많았다.

넘치는 활력으로 격렬한 운동을 즐기던 생활들은 추억이 되었고 어느 날은 산책을 위해 몇 걸음 떼기도 버거웠다. 매일매일 청소와 빨래, 음식 준비를 하던 부지런함은 과거의 일이 되었다. 의욕적이던 모습은 사라지고 삶에 필요한 크고 작은 일들을 미룰 수 있을 때까지 미루는 무기력해진 나를 감당하기 어려웠다. 아직 젊은 나이를 들먹이며 다른 사람과 비교하고 따라가지 못하는 내 몸을 책망했다. 자연스럽게 나이가 들어 익어가듯 살았다면 적어도 나를 못살게 굴고 다그치는 일은 없었을지 모를 일이었다.

영화 〈하울의 움직이는 성〉 주인공 소피는 마녀의 마법으로 10대 소녀에서 하루아침에 70대 노인으로 변한다. 그런데도 불구하고 마녀를 미워하지 않는다. 노인 공경이라며 끝까지 마녀를 돌보는 소피처럼 먹을수록 나를 늙게 하는 호르몬 억제 약을 우대한다. 한 알이라도 놓칠까 애지중지 여기며 꼬박꼬박 잊지 않고 시간 맞춰 입안에 넣는다. 더 늙어가길 자처한다. 그래야 살 수 있을 테니까. 옳은 말에 반항할 수 없는 아이처럼 내 목숨 줄 쥐고 있으니 제발, 재발만 없게 해 달라며 살아있는 시간을 더 준다면 이깟 탈모가, 얼굴을 다 덮어버릴지 모를 기미가 관절의 뻣뻣함이 두리뭉실해진 허리선이 대수겠냐며.

　누군가는 그럴 수도 있다. 그럼에도 살아 있으니 된 거 아니냐고, 살기만을 원한 거 아니었냐고. 살기 위해 잊어야 했던 암에 대한 두려움과 고통이 점차 흐려지니 나이보다 더 늙어버린 내 모습은 선명해졌다. 죽을 때까지 젊음과 건강을 유지하고 싶은 건 인간의 본능이 아닌가. 생명과 연관되어 있다고 해도 남들보다 빠르게 늙는다는 사실을 기쁘게 받아들일 사람이 과연 있을까?

　갑작스럽게 온 나이 듦을 수용하기 어렵듯 어떨 때는 감정까지도 자연스럽게 받아들이기 어려울 때가 있다. 자연스러운 노화에도 감정의 변화는 클 수밖에 없다. 거부할 수 없는 상황이라면 받아들이는 과정이라도 아픔이 없어야 하는데 그마저도 힘들다. 대부분의 사람은 부정적인 생각은 덮어버리고 긍정적인 생각만 하려고 노력한다. '난 지금 살아 있잖아. 그것만으로 된 거야.' 좋은 생각만 해야 한다는 심리적 압박은 느끼고 있는 힘든 감정마저 부정하게 한다. 감정을 억누르다 보면 자신의 마음을 돌보지 못하는 부작용을 낳는다.

　다쳐서 생긴 상처로 인해 눈물 흘리며 아프다고 말하는 아이에게 '아니야. 넌 행복해 넌 슬프지 않아, 행복한 거야. 더 다치지 않았잖아. 그러니까 괜찮아. 울지 마.'라고 말한다면 그 아이는 정말 행복해질까? 큰 상처가 아니라 다행인 건 나중 일이고 상처를 치료해 주며 아픈 마음을 위로하는 게 먼저다. 살았으니 된 거라며 괴로운 나의 감정까지 부정하고 덮어버린다면 나의 마음에 더한 상처는 없다. 자연스럽게 겪는 노화의 단계를 거치지 못하고 억지로 늙어버린 나의 모습을 살뜰히 보듬어 주어야 한다. 안쓰러워해 주고 충분히 다독여 주는 게 나를 위한 자세다. 지금 내 모습을 인정하기 힘들고 이렇게 된 상황에 속상한 마음이 크겠지만, 억누르지 말고 충분히 슬퍼하고 억울해하기도 해야 한다. 나에게만은 감정을 숨기지 않고 꺼내보는 과정도 필요하다. 언제든 올 수 있는 마음의 방황을 마다하지 말고 받아들여야 한다. 그래야지만 차분히 겪지 못하고 건너뛴 그 자리에 암이라는 질병으로 얻은 통증의 고통만이 자리 잡지 않을 수 있다.

모든 일에는 받아들이는 시간이 필요하고 어떠한 일은 그 시간이 꽤 오래 걸리기도 한다. 받아들임에 필요한 시간을 충분히 활용하였을 때 암으로 인해 상실한 시간을 아쉬워하지 않을 것이다. 마음을 다스리려 노력해도 어느 날은 불쑥불쑥 울화통이 치밀어 오르고 억울한 기분에 휩싸일 수 있다. 그럴 때는 노인으로 변하게 한 마법의 해독약을 찾다 포기한 후, 소피가 꺼낸 대사를 읊조려보는 건 어떨까.

"고민하면 더 늙을지도 몰라."

> #
>
> 암을 극복하는 과정을 겪으며 갑자기 변한 몸을 어떤 마음으로 받아들이고 어떻게 적응하셨나요?
>
> ----------------------------------------------
>
> ----------------------------------------------

# 흰 곰이
# 자꾸만 생각난다면

"뿌연 안개 속에서도 꾸준하게 앞으로 걸어가는 힘, 때로는 걸어
가는 것조차 하지 않고 가만히 기다리는 힘, 그게 훨씬 더 대단한
능력입니다."　　　　　　　- 웃따, 『인생을 숙제처럼 살지 않기로 했다』에서

　코로나라는 전염병이 전 세계를 휩쓸었던 적이 있다. 제주
로 이사 오자마자 빠르게 확산한 코로나로 오랜 시간 외출하
지 못하고 대부분 집에만 머물렀다. 아이 충치 치료가 시급
해 며칠 치과를 방문한 적이 있는데 어느 날 살고 있는 건물
에서 확진자가 나왔다는 연락을 받았다. 확진자가 머문 장소
와 이동 시간을 보니 다행히 겹치지는 않았다. 확진자와 마
주치지 않았는데 다음 날부터 나는 코로나 증상이 시작되었
다. 콧물이 줄줄 흐르며 심하게 기침을 했다. 참다 참다 병원
에 갔는데 확진자와 마주치지 않았다는 이유로 코로나 검사

를 해주지 않았다. 집에 돌아와 며칠이 지나니 증상이 사그라들었다. 한참 후 생각해 보니 코로나는 아니었고 한 건물에서 확진자가 나온 불안감에 증상들이 발현된 듯했다.

암이라는 큰 병을 겪고 나니 통증에 민감해졌고 작은 증상에도 불안함을 느꼈다. 간간이 들어가던 유방암 온라인 카페에서는 재발에 관한 글들이 드물지 않게 보였다. '수술한 쪽의 가슴이 찌릿하고 화끈거렸어요. 목 디스크 온 거 같이 수술한 쪽이 전부 저린 증상이 있었어요. 간지럽고 몸에 힘이 없었어요.' 자세히 적힌 재발에 대한 글들을 보고 나면 며칠 후 어김없이 비슷한 증상들이 몸에 나타났다. 가슴이 화끈거리고 저리고 기운이 없었다. 재발에 대한 두려움은 이미 뇌를 지배해 몸에 증상을 만들어내는 것 같았다.

항암 치료는 6개월 동안 받았지만, 후유증은 수술 후 5년 가까이 이어졌다. 잘 지내다가도 몸이 심하게 떨리는 날이 있었다. 항문에 통증이 오거나 하늘이 노래지면서 어지러운 증상도 함께 왔다. 가슴이 쿡쿡 쑤셨고 손톱, 발톱이 욱신거렸다. 누우면 몸이 땅으로 꺼질 듯이 묵직해져 오고 온몸이 따갑고 간지러울 때도 있었다. 결막염으로 눈에 눈곱이 끼고 코 점막에 상처가 생기기도 했다. 항암 치료 시기에 나타난 증상들이 줄기차게 나를 쫓아다니면서 컨디션이 좋지 않을 때면 모습을 드러냈다. 그럴 때면 경직되어 식은땀을 흘렸다. 식은땀을 흘리면서 몸에 이상이 있어 땀이 나는 건 아닌지 꼬리에 꼬리를 무는 걱정을 했다.

기침을 심하게 하는 날이면 폐 전이를 우려했다. 뼈마디마디가 아프면 뼈 전이를 생각했고 며칠 머리가 아프면 뇌전이가 떠올라 안절부절못했다. 내 몸이 조금이라도 불편해지면 이미 나는 재발한 사람이 되어 눈물을 흘리고 있었다. 끝없는 상상은 점점 파국으로 치닫고 세상에서 나를 없앴다. 재발에 대한 두려움은 늘 나를 조마조마하게 했는데, 이런 마음이 비단 나만 갖고 있는 건 아닐 것이다.

생각해 보니 이러한 증상들은 항상 정기 검진을 받기 전에 심했다. 검진 주기가 3개월일 때는 불안한 증상이 심하지 않았다. 6개월 주기로 검진 시기가 바뀌면서 병원 예약 날짜 1~2개월 전부터 몸 여기저기가 아프기 시작했다. 병원에 울면서 전화를 걸어 검사 날짜를 앞당기고 담당 선생님을 만나 아무 이상 없다는 결과를 듣고 나면 그제야 나의 증상들은 깨끗하게 사라졌다. 6개월이 지나면 같은 상황이 반복되었다.

암세포를 치료와 수술로 없애면서 내 몸이 회복되었다고 생각했다. 그러나 아팠던 기억과 불안한 감정은 여전히 내 안에 있었다. 불안함은 검진 시기마다 몸을 통해 존재를 알렸다. 불안함으로 재발의 증상들이 시도 때도 없이 오는 걸 보니 나는 여전히 암이라는 질병에서 벗어나지 못한 것 같았다. 회복은 몸만 되어야 하는 게 아니라 마음도 함께 해야 했다.

　유방암이라는 사실을 알고 받아들이기까지도 힘겨운 시간이었다. 수개월에 거친 항암치료는 신체와 정신을 지치게 만들었다. 항암 치료와 수술, 방사선 치료 회복 기간을 오롯이 혼자 견뎌야 했다. 짧지 않은 시간이었고 쉬운 경험도 아니었다. 지난했던 모든 과정을 거치며 힘들었던 마음은 불안한 감정을 커다랗게 만들었다. 다시 괴로운 과정들을 겪을까 봐 두렵고 그 두려움으로 인해 알 수 없는 미래는 더욱 불안했다. 모든 치료를 마치고도 두려운 마음은 찌꺼기처럼 남아 있었다. 암을 극복하려 힘든 시간을 보냈기에 불안함이 머물 수밖에 없는 나의 마음을 헤아리지 못했다. 내 안의 불안만을 탓했다. 지치고 고된 시간을 거쳤기에 불안한 감정들이 떠오르는 건 어쩔 수 없다. 불안한 생각들이 떠오를수록 나를 토닥이고 안아주면 어떨까.

남에게 하듯 자신에게도 친절을 베풀어야 하는데 어려울 때가 있다. '그동안 힘들었던 일을 많이 견디고 이겨냈구나. 혼자 다 감당하고 이겨내면서 두려운 마음이 컸구나.' 불안이 올라올 때마다 힘들었던 내 마음을 다독여 주고 기분 좋은 미래를 상상했다. 내가 생각하는 나의 꿈에 한 발짝 걸어가 성취하는 모습도 그려봤다. 남편과 함께 성장한 아이들을 바라보며 소소한 행복에 감사하는 일상을 떠올렸다. 앞으로 내가 이루려는 미래를 머릿속에 펼쳤다. 눈에 보이지는 않지만 내가 원하는 삶에 대한 기분 좋은 상상은 마음이 한결 안정되게 도와줬다.

행복한 일에 대한 기쁨은 오래도록 유지 되지 않고 행복했던 감정만 남긴 채 금세 사라진다. 그리하여 행복의 기쁨을 다시 느끼기 위해 다른 동기를 갖고 새로운 일을 도전하게 한다. 부정적인 감정도 마찬가지다. 불행한 상황에 맞서 힘든 시간을 보내며 일은 해결되고 사라지지만 힘겨웠던 감정은 여전히 남아 있다. 안 좋은 일이 생겼을 때 흔들리는 일상을 대비하려는 마음 때문일 것이다. 자신을 알아달라고 찾아오는 감정을 누르려고만 하면 계속해서 존재를 드러낼 수 있다. 떠올리지 않으려 애쓸수록 떠오른다면 온전히 느껴보는 방법도 있다. 부정적인 생각들이 떠오른다면 '나에게 지금 불안한 마음이 왔구나.'라고 알아차려 주는 건 어떨까. 몰아내지 않은 감정은 여전히 함께 살아가겠지만 인정받았기에 적어도 존재를 드러내진 않는다.

'흰 곰을 생각하지 마세요.'라고 하면 기가 막히게 흰 곰만 떠오르는 흰 곰 효과. 우리의 뇌가 부정의 메시지를 인지하지 못하기 때문이라고 한다. 암에 대한 두려움과 고통, 항암의 통증들을 오롯이 혼자 견뎌냈듯이 불안함도 내가 겪어야 할 몫일지 모르겠다. 흰 곰도 불안도 어차피 내 상상 속 이야기다. 그렇기에 불안한 마음을 잠깐 인정해 주고 흘려보내는 것도 좋은 방법이다. 마치 생각하지 않으려던 흰 곰이 왔을 때 콜라만 한 잔 주고 보내버리듯 말이다.

---

#

불안한 마음을 주는 흰 곰이 찾아왔을 때 떠나보내는 당신만의 방법이 있으신가요?

----------------------------------------------------------------

----------------------------------------------------------------

## 1

# 건강한 삶을 위해
# 애도는 필요하다

*"울음은 나를 진정시켜 주고 삶 속의 고민에서 벗어나게 해줘."*

*- 영화 <인사이드 아웃>에서*

'힘들 때 울면 삼류다. 힘들 때 참으면 이류다. 힘들 때 웃으면 일류다.' 셰익스피어가 남긴 말에 따르면 나는 삼류고, 이류고, 일류다. 솔직히 말하면 삼류에 가깝다.

암이라는 말을 듣자마자 울었고 항암 치료 중 부작용이 심하면 울었다. 통증이 심한 날은 가족들이 잘 때 울었고, 가족들 몰래 울고 있는 내가 안쓰러워 더 울었다. 거무칙칙한 피부, 간신히 남아 있는 몇 가닥의 눈썹, 검고 울퉁불퉁해진 손톱을 보며 어느 날은 한없이 울었다. 수술하기 전날에는 밤새도록 울었고 수술하고 나서는 수술 부위가 아파 울었다. 암 재발 방지약을 먹으며 뼈마디가 쑤실 때도 울었고 폐경으로 인해 갑자기 온 갱년기 증상들로 우울해서 울었다. 남들 앞에서는 슬픔을 참으려 애썼고 뒤에서는 눈물을 보였다. 수시로 울면서도 매일 강한 척, 이기는 척, 버티는 척, 힘들지 않은 척, 아프지 않은 척. 아무렇지 않은 척척척 연기를 척척 해냈다.

암 진단을 받고 오히려 암과 관련된 기사, 책, 영상을 보지 않았다. 진단 전에는 관심이 없었다면 진단 후에는 의식적으로 멀리했다. 체력, 체형, 감정, 보이는 모습 등 여러 가지가 바뀌었지만 인정하기 싫은 마음이 컸다. 암 환자라는 두려움은 암에 관한 기사, 정보를 멀리하게 했다. 암 관련 책도 읽어보지 않았고 암 관련 TV 프로그램이 나오면 채널을 돌렸다. 암 환자라는 사실을 인정하기 싫었고 아픔을 견뎌야 하는 상황이 서글펐다. 그럴수록 더 불편해지는 건 나였다.

인정하기 싫어 회피하면서 '암 걸리겠네. 완전 발암이야.' 유머라고 떠드는 말들에 불쑥 화가 올라왔다. '암에 대해 뭘 안다고 저런 식으로 말하는 거야? 암에 걸린 사람이 어떤 생각으로 살아가는지 알고 떠드는 거야? 진짜 암에 걸려 봐야 저런 소리를 안 하지.' 암 환자라는 사실을 인정하지 못해 아팠지만, 암과 암 환자를 가볍게 대하는 말들에 울컥했다. 치료를 마친 후에도 내가 암이었다는 사실을 떠올리고 싶지 않았다. 암으로 인한 통증과 슬픔에 빠져 있던 내 모습은 떠올릴수록 아팠기에 암을 겪었던 나를 외면했다. 암과 관련된 소식에 귀를 닫았다. 인정하지 못할수록 암을 겪은 고통 속에 오래 머무를 수밖에 없었다. 회피할수록 오히려 암과 그에 관련된 아픔은 의식적으로 내게 다가왔다.

박우란 정신분석가는 저서 『애도의 기술』에서 내가 겪은 상황과 감정에 대해 애도하는 자세가 필요하다고 말한다. 충분히 슬퍼하지 않은 감정은 어느 순간 자신을 덮치고 더 깊은 고통을 안겨줄 수 있다고 설명한다. 책의 내용에 따르면 애도란 누군가의 죽음에 슬픔을 표현할 때만 필요한 것이 아니라 일상적으로 느끼는 감정에 우리가 실천해야 할 태도라고 볼 수 있다.

쏟아지는 무수한 정보에 답답함을 느꼈던 이유는 당시에 내가 암에 대해 감당할 여력이 없었기 때문이었다. 오랜 시간 충분히 애도하지 못한 그때의 감정, 내 몸의 고통은 여전히 내 안에 남아 있다는 사실을 알았다. 암에 대해 받아들이지 못했던 나도, 고통 속에 아파했던 나도, 인정하지 못했던 나도 치유하지 못하고 그대로였다. 투병 기간에는 내 감정에 대해 제대로 바라보지 못하고 암을 이기고 버티려는 마음만 급급했다.

수술하고 몇 년이 흐른 후 몸이 차츰 회복되면서 아파했던 내 모습들이 떠올랐다. 힘들어서 꺼내고 싶지 않았던 암에 대한 옛 기억들이 불쑥불쑥 삶에 끼어들었다. 왜 내가 암인 거냐며 울부짖던 나, 암을 인정하기 싫었지만 인정할 수밖에 없어 체념한 나, 어느 날은 조용히 눈물 떨구던 나, 암과 죽음을 연결해 두려움에 떨었던 나, 암성통증을 견디며 혼자 웅크리고 있었던 나, 질병으로 인한 외로움에 놓여 있던 나, 상처받은 말들 속에 머물러 있던 나, 긍정적으로 생각해야 한다며 아픈 감정을 몰아냈던 나. 힘들어하던 모든 상황에 안아주지 못한 내가 있었다.

지나치기만 하던 내 몸의 수술 자국을 의미 있게 보려 노력했다. 물끄러미 바라보니 아파하던 모습들이 떠올랐다. 수술 자국 안에는 힘겨운 시간을 보냈던 내가 울고 있었다. 아팠던 순간을 떠올리며 쓴 글들로 외면했던 모습들을 다시 불러와 내 일부라는 걸 인정하게 되었다. 힘들었던 과거를 애도하지 못했기에 나는 여전히 암에 대한 두려움과 아픔을 내 안에 남겨두고 있었다. 절박한 삶의 순간을 보낸 나 자신을 충분히 애도해야 했다. 꾸준히 상황을 돌아보며 나를 애도하다 보니 서서히 암에 대한 이야기를 아파하지 않고 들을 수 있었다. 누군가의 재발 이야기에 불안해하며 듣기를 거부하던 모습도 조금씩 변했다. 투병 기간에 있었던 일들을 물으면 눈물부터 흐르지 않고 말할 수 있는 날들이 늘었다. 변한 내 모습을 보고 암으로 인한 고통을 떠올리지 않고 고통에서 견뎌낸 나를 떠올렸다. 나의 슬픔에 대해 충분한 애도를 거친 후에야 아팠던 기억에 대해 다른 이들에게 스스럼없이 말할 수 있는 순간이 왔다. 건강과 관련된 이야기가 나오면 위축되던 기분에서도 벗어났다.

어떠한 상황에서든 냉철하게 상황을 판단하고 이성적으로 행동하는 게 옳다고 오해하는 경우가 있다. 그런 오해는 자신의 감정을 속이게 한다. 슬픔의 감정이 옳지 못하다며 억누르기도 하지만 세상에 나쁜 감정은 없다. 자신이 어떤 감정을 느끼는지 알아차리고 풀어내는 게 중요하다. 힘들 걸 말하지 못하고 괜찮다고만 하면 마음에도 병이 든다. 슬픔을 안으로 삭이고 행복만 느끼려는 마음은 위험하다. 슬픔의 감정도 자신을 책임질 수 있는 사람만이 느낄 수 있다. 내 슬픔을 알고 위로하고 애도할 수 있는 사람은 나라는 걸 잊지 말아야 한다. 애도하지 못했던 순간들은 자신 안에 머물러 언젠가 다시 돌아온다. 알아주지 않았기에 사라진 듯 조용히 웅크리고 있다가 생각하지 못한 순간에 터져 올라온다. 애도 받지 못한 아픔은 가슴에 체기로 남는다. 묵직한 체기로 자리 잡아 소화되지 못하고 다른 감정이 들어오지 못하게 막는다.

슬픔을 인정한 올바른 애도는 누구에나 필요하다. 더 나은 삶을 살기 위해 무엇보다 중요하다. 바라볼수록 아프다고 아픔을 소외시키다 보면 슬픔은 치유할 수 없다. 치유될 때까지 아파해야 한다. 치유되어 옅어질 때까지 그때의 나를 끝없이 소환해 다독여야 슬픔에서 벗어날 수 있다. 벗어나야만 다른 감점을 느끼며 산다.

셰익스피어가 삶 곳곳에 애도가 필요하단 걸 알았다면 힘들 때 우는 사람을 삼류로 만들었을까? 오히려 살기 위해 아픔을 털어내려 우는 사람을 일류라 했을지 모를 일이다. 암이 주 는 불행의 기분에서, 위로와 공감 받지 못한 현실에서 오는 슬픔을 참지 않아야 한다. 충분히 아파하고 거침없이 울어야 한다. 아픔이 체기로 남지 않도록. 그래야 살 수 있다.

---

#

암을 겪으며 힘겨운 시간을 보낸 자신에게 해야 할 애도에 대해 생각해 보신 적이 있으신가요?

--------------------------------------------------------

--------------------------------------------------------

$$8$$

# 개인 건강관리만이
# 정답이라는 착각

"사회가 아픈 사람을 대하는 태도에는 공통점이 있었다. 아픈 사람에게 질병이나 건강관리에 대해 한마디씩 할 수 있고, 해도 된다는 믿음 같은 것 말이다."

- 조한진희, 『아파도 미안하지 않습니다』에서

암통사고. 느닷없이 일어날 수 있는 교통사고에 암을 빗댄 말이다. 암도 교통사고도 주의해서 피할 수 있다면 얼마나 좋을까. 암은 교통사고처럼 나만 조심 한다고 피할 수 있는 게 아니다. 주의한다 해도 예고 없이 누구에게나 일어날 수 있다는 점에서 교통사고와 암은 비슷하다. 존스홉킨스대 연구팀은 논문에서 암의 발병 원인은 불운이라고 밝혔다. 과학자들도 예측하기 어려운 운과 관련 있다고 언급했다.

우리나라 유방암 증가율은 OECD 가입국 중 1위다. 해마다 유방암 환자의 숫자는 점점 느는 추세다. 유방암에 관한 자세한 정보를 전하기 위해 개인 채널을 진행하는 유방외과 전문의 말에 따르면 우리나라 유방암 환자는 10년 사이 2배 이상 증가했다고 한다. 이른 초경과 늦은 폐경으로 에스트로겐 노출 기간이 길어졌으며 호르몬 대체제나 피임약 복용이 유방암을 증가시켰다고 설명한다. 그 외 서구화된 식습관도 유방암이 늘어나는 데 한몫했기에 음식과 운동을 통해 건강을 관리해야 한다고 당부한다. 간단히 검색만 해도 개인 건강관리만을 내세우는 암 예방 수칙이 쏟아진다. 영상에 나오는 의사들은 건강관리만으로도 암을 예방할 수 있는 듯 말한다. 흡연을 삼가라. 음주를 멀리하라. 채소와 과일을 포함한 균형 잡힌 식사를 해라. 짜지 않게 먹고 탄 음식을 먹지 마라. 규칙적인 생활 습관을 지녀라. 주기적으로 땀 흘리는 운동을 부지런히 해라. 이건 꼭 먹어라, 어떤 건 먹지 마라. 뭐는 해라, 이런 건 하지 마라.

자신이 암을 진단받을 거라고 예상하는 사람이 과연 몇 명이나 있을까. 쉽게 예상할 수 없는 일이기에 어느 날 갑자기 암을 진단받은 사람은 억울할 수밖에 없다. 여기저기서 개인 건강관리만이 암을 예방할 방법이라고 설명하기에 건강관리 하지 못한 사람으로 쉽게 오해받기 때문이다. 암에 대한 기사 댓글에는 건강관리를 하지 못했다며 개인 탓을 하는 댓글들이 상당수 차지한다. 건강관리 정보가 나열된 기사에 '그럼 암에 걸린 사람은 의사가 말한 거 전부 안 지킨 사람이네.'라는 댓글은 질병 발병을 개인 관리로만 생각하는 오해가 얼마나 깊은지 보여준다. 지나가는 글들만 봐도 암에 걸린 연령과 성별이 다양하고 원인도 이유도 제각각인데 모두 건강관리를 하지 않은 나태한 사람으로 일반화한다.

건강과 질병을 말하는 프로그램이 넘쳐나면서 개인 생활 습관으로만 질병의 원인을 규정짓게 했다. 여러 매체가 개인의 노력으로 건강이 성취될 수 있는 것처럼 앞세워 사람들은 예외 없이 정보를 그대로 믿게 되었다. 자기계발처럼 개인의 능력에 따라 질병을 예방할 수 있다고 착각하게 했다. 그로 인해 질병을 얻어 힘든 사람들에게 건강관리 하지 않았다는 프레임마저 씌었다. 개인 건강관리에 초점이 맞춰진 질병 예방 정보는 질병 유무에 따라 건강관리를 잘한 사람, 못한 사람으로 구분 짓는 행위를 하게 한다.

대부분의 사람이 건강하지 못한 것을 결점으로 간주한다. 평균 집단 속에서 벗어나고 싶지 않은 바람은 건강함이 평균이라는 기준을 세운다. 질병을 가진 사람들을 기준에서 벗어난 사람이라 오해한다. 오해로 인해 자신이 모르는 남의 사정까지 멋대로 평가하고 판단하는 실수를 저지른다.

조한진희 작가는 저서 『아파도 미안하지 않습니다』에서 질병 발생 원인이 사회적 환경, 유전적 요소, 생활 습관 등 복합적 요인이 있음에도 개인의 건강관리만을 탓하는 사회적 인식을 꼬집는다. 질병은 잘못 살아온 결과가 아니며 개인화만 부추기는 분석이나 보도를 그만두어야 한다고 강조한다.

인간의 세포는 70조~100조로 이루어져 있다고 한다. 그중 5,000~10,000개의 암세포가 생겼다 사라지기를 매일 반복한다. 암세포가 생기고 사라지길 반복할 때 암세포가 자신의 몸에 남아 있길 선택할 사람은 아무도 없을 것이다.

세상의 모든 흡연자가 암에 걸리진 않는다. 모든 알코올중독자가 암이 아니듯 비만한 사람 전부가 암을 진단받는 것도 아니다. 표준 체중 범위 안에 있어도 모두가 건강하다고 말할 수는 없다. 여러 매체에서는 암에 걸리지 않기 위해 주의해야 할 건강 상식들은 부지런히 설명하면서 저체중의 사람도, 비만한 사람도, 운동을 하지 않는 사람도, 열심히 운동하는 사람도 암에 걸리는 이유에 관해서는 설명하지 않는다. 유방암만 해도 출산과 모유 수유로 에스트로겐 노출을 줄여 예방할 수 있다면서 아이들을 출산하고 모유 수유를 길게 한 여성들이 유방암에 걸리는 원인에 대해서는 언급이 없다. 이러한 이유로 하루에 수천 개씩 생겼다 사라지길 반복하는 암세포가 한 개인의 건강관리로 쉽게 피할 수 있는 것처럼 여겨진다. 무서운 통증과 죽음에 대한 두려움을 겪어야 하는 암 환자를 건강관리를 못했다는 편견에도 부딪치게 만든다. 편견은 자신의 질병 때문에 가까운 사람들을 힘들게 한다는 자책감까지 안고 가게 한다.

건강관리로 암을 예방할 수 있다고 주장하는 의사들도 암에 걸리는 건 랜덤이라 말한다. 교통사고와 매한가지로 내의지와는 상관없는 일이라고. 아무리 안전 운전을 한다고 해도 상대에 의해 사고가 나기도 하고 험하게 운전해도 무사고 운전자가 될 수 있다.

매일매일 생겼다 사라지길 반복하는 암세포가 언제 몸에 남게 될지 모를 일인데, 자신은 암 환자가 되지 않을 거라고 어느 누가 장담하겠는가. 몸에 암세포가 남아 순식간에 암 환자가 된다는 것은 개인의 한계에서 벗어나는 일이다. 암에 걸리지 않아 건강관리를 잘했다고 자만할 일이 아니며 암을 진단받았다고 건강관리를 못 한 사람이 되어 움츠러들어 자책할 일은 더더욱 아니다. 세상을 살아가고 있는 한 질병은 누구에게나 올 수 있다. 암이 본인, 가족, 자신과 가까운 모든 이에게 올 수 있다는 사실을 기억해야 한다. 그래야지만 암에 걸린 사람을 자기 관리 실패한 사람으로 단정 짓지 않을 수 있다.

하루에 두 번씩 운동하고 식이요법을 병행해 식스팩이 있는 한 연예인은 과체중 진단으로 충격을 받았다고 소셜 미디어를 통해 전했다. 건강을 위해 규칙적인 운동과 균형 잡힌 식사가 필요하다는 의사의 말에 운동선수를 해야 하냐며 푸념했다. 20년 넘게 같은 허리둘레와 옷 사이즈를 유지하던 50대 연예인은 고지혈증을 진단받았다고 밝혔다. 평생 운동으로 관리하고도 고지혈증 진단을 받았다는 사실에 어이없는 반응을 보였다. 나 역시 식단 조절과 꾸준한 운동으로 아이들을 낳고도 저체지방률과 낮은 체중을 유지하며 살았는데 유방암을 진단받았다.

의학 발달로 평균 수명이 100세를 넘는 시대가 곧 올 거로 예측한다. 100년의 세월 동안 개인 건강관리만으로 질병 하나 없이 산다는 게 가능하다면 좋겠지만, 가능할지는 의문이다.

#

개인의 건강관리만을 강조하는 암 예방법, 당신은 어떻게 생각하시나요?

---

---

아픈데 괜찮을 리 없잖아요

:
:

# 4장

# 삶이
# 멈추었던 적은
# 잠시도 없었다

:
:

## 1

# 결국 일상이
# 삶의 전부임을

"일상이 우리가 가진 인생의 전부다."  　　　- 프란츠 카프카

어느 날 첫째 아이가 학교에서 천냥금이라는 열매가 달린 화분 하나를 받아왔다. 이름 붙이기 좋아하는 둘째 아이가 열금이라는 이름을 지어줬다. 첫째 아이가 가져오고 이름은 둘째 아이가 지었지만 죽지 않도록 잘 키우는 건 나의 몫이다. 열금이는 식탁 위 작은 책꽂이에 자리를 잡았는데, 어느 날 보면 눈에 띄게 축 처져 있었다. 그럴 때면 나는 물 줄 때가 되었다는 걸 깨닫고 마른 흙에 물을 흠뻑 적셔 주었다.

열금이는 다음 날이면 파릇파릇한 모습으로 돌아와 있었다. 매일 가족들과 마주 앉는 식탁에서 열금이가 언제 시들어 갔는지 알지 못했다. 평소에는 모르다 심하게 축 처진 걸 본 그제야 물 줄 때가 됐다는 걸 알았다. 매일 보는 열금이

의 목마름을 눈치 채지 못했듯 가장 가까이에 있기에 소중함을 깨닫지 못하는 경우가 있다. 가족은 항상 곁에 있어 소중함을 잊고 살기 쉽다. 늘 함께 있어 잘 안다 생각하기에 잦은 실수로 마음의 상처를 더 주기도 한다. 부부에게는 배우자가 그런 존재일 경우가 많은데 나 역시 그랬다.

남편은 사람을 좋아하고 요리하는 걸 좋아한다. 친한 사람들을 초대해 음식을 만들어 대접하는 건 특히 좋아한다. 가족들에게 요리해 주고 맛있게 먹는 모습을 보는 것도 좋아한다. 하지만 나는 남편이 음식 만드는 걸 그다지 좋아하지 않는다. 남편은 요리는 잘하지만, 뒷정리는 전혀 하지 못해서다. 한번은 프라이팬에 기름을 잔뜩 붓고 김치를 볶다가 물을 넣어야 한다며 그대로 정수기 앞으로 가져간 적이 있다. 빨간 기름과 고춧가루들이 흰 정수기와 주변에 전부 튀게 될 행동에 기겁하고 말렸다. 그 외에도 남편은 요리한 후 쓰레기와 음식물을 마구 섞어 싱크 볼에 버리기도 했다. 엉망으로 만든 주방을 정리하는 게 싫어 음식 만드는 걸 마땅치 않아 했지만 항암 치료를 받으며 남편이 요리할 수 있다는 것에 고마운 마음을 가지게 되었다.

암을 진단받고 항암 치료를 하면서 마음은 쉴 틈 없이 내려앉았고 체력은 타들어 가는 초처럼 눈에 띄게 줄어들었다. 운동을 몇 시간씩 할 만큼 에너지가 많았는데 항암 치료는 나의 기본 체력을 슬금슬금 갉아먹고 있었다. 당연히 집에서도 기운 없이 누워 있는 날들이 늘어갔다. 기운이 나는 날은 집안일도 하고 아이들과 시간을 보냈다. 그러나 움직일 수 없을 정도로 아픈 날은 남편이 일을 마치고 아이들을 돌보고 우리 가족 식사를 챙겼다. 내가 신경 쓸까 나름대로 최선을 다해 뒷정리하는 모습도 보였다. 일을 마치고 집에 와 설거지하던 뒷모습이 아직도 눈에 선하다. 아무 말 없이 나의 몫까지 가족을 돌보는 모습에 미안함과 고마움, 안쓰러운 마음이 번갈아 들어 뒤에서 몰래 눈물을 훔쳤다.

예전에는 고맙다, 사랑한다는 걸 꼭 말로 표현해야 한다고 생각했다. 그래야지만 인정받고 사랑받는다고 믿었다. 아픔을 겪으며 남편을 바라보니 가족을 위해 일하고 헌신하는 모습이 가족에 대한 사랑이었다. 관심을 가지고 함께하는 순간들이 사랑하는 마음이었다. 본인이 할 수 있는 최선을 다해 가족들에게 사랑을 표현하고 행동으로 보여주고 있었다. 좋아하는 요리를 해주고 시간을 함께 보내고 그렇게 매일 매일, 순간순간 가족에 대한 사랑을 표현하고 있었는데, 말로

하지 않는다고 깨닫지 못했다. 당연하다고 생각했던 남편의 행동들은 가족에 대한 애정과 사랑이 있어 가능했다. 한없는 사랑의 표현을 뒤늦게 알고 보니 남편과 아이들이 내 곁에 있다는 것만으로 감사했다. 사랑을 더 표현하고 나에게 와 준 고마움을 말하고 싶어졌다.

대부분의 사람이 가까이에 있는 사람들의 소중함을 잊는다. 아픈 시간을 보내고 있지만 조금만 돌아보면 수많은 사랑 표현을 받고 있다는 걸 알 수 있다. 몸과 마음이 지치면 주위를 돌아본다는 게 쉽지 않다. 하지만 조금만 눈여겨보면 쉽게 알아챌 수 있다. 당연해 보이지만 당연하지 않은 사랑을 받고 있다는 걸. 그걸 깨닫고 나니 암 치료 기간에 고통을 겪으면서도 이겨 낼 힘이 생겼다. 소중한 사람들이 곁에서 말없이 응원하고 있는 걸 알게 되었다.

'꼭 이겨내라. 사랑한다. 당신을 믿는다. 당신이 있어 고맙다. 당신은 정말 소중한 사람이란 걸 잊지 마라.' 말은 하지 않더라도 내 곁에서 묵묵히 모든 사랑의 표현을 하는 사람들이 있었다. 기분 좋아지라고 넌지시 건네는 맛있는 간식에서, 추운 겨울날 잠들기 전 미리 온수 매트를 켜 놓는 마음에서, 치료와 검사를 받을 때 두려운 마음을 잊도록 꼭 잡아주는 따뜻한 손에서, 좋아지길 응원하는 진심 어린 문자에서. 꼭 입으로 말하지 않아도 가까운 이들에게서 충분한 사랑을 받고 있다는 걸 알 수 있다.

남편은 여전히 가족에게 헌신적이다. 가족의 행복을 위해 열심히 일하는 모습은 우리를 얼마나 사랑하는지 알기 충분하다. 혼자 마트에 가면 먹을거리를 잔뜩 사 온다. 큰 애가 좋아하는 간식, 작은 애가 좋아하는 음료수, 아내가 좋아하는 과일. 한 사람, 한 사람 생각하며 골랐을 남편의 마음이 예쁘고 고맙다. 누군가를 향한 사랑과 그에 대한 표현은 절대 당연한 게 아니다. 남편의 마음을 당연하게 생각하지 않고 알아주는 내가 기특하다. 당연한 건 없듯이 내가 그 마음을 안다는 것도 당연하지 않다. 남편이 우리 가족을 위해 보이는 헌신적인 모습이 당연한 게 아님을 깨닫고 내가 고마움을 느끼듯 나 역시 가족을 위해 애쓰고 노력하는 모습이 당연할 순 없다. 가족을 위해 신선한 재료로 식사를 준비하고, 깨끗한 옷을 입히기 위해 부지런히 빨래하고, 편안한 잠자리를 봐주며 작은 것에도 세심히 신경 쓸 수 있는 건 사랑이 있기에 가능하다. 가족에 대한 사랑이 있어 그 마음을 듬뿍 담아 가정을 돌볼 수 있는 것이다.

불행은 절망하지 않고 불행에 맞설 수 있는 강한 사람들을 찾아가는 걸 아닐까. 곁에 있는 사람의 소중함을 알고 사랑을 느끼고 매일매일 살아가는 일상마저 당연함이 없다는 걸 알아챌 수 있는 사람에게 말이다. 여태까지 그러했듯 상대가 베푸는 사랑을 느끼고 가까운 이들에게 최선을 다해 사랑을 표현하는 일상이 삶의 전부라는 걸 알게 되었다.

---

**#**

평소 당연하다고 생각했던 주변의 마음이나 행동들이 암을 겪으면서 고맙게 느껴졌던 순간들이 있으셨나요?

---------------------------------------------------------------

---------------------------------------------------------------

---

# 행복을 위한
# 처방전

"인생은 위대한 예술이다. 산다는 것은 자신을 예술 작품으로 만들어 내는 것이다."

　　　　　　　　　　　　　　　　　　　　- 도스토옙스키

삶이 항상 행복으로 가득한 건 아니다. 반대로 슬픔으로 채워져 매일 눈물만 흘리는 것도 아니다. 동전의 양면처럼 행복과 불행은 늘 함께 다닌다. 평생 행복할 수도 없고 평생 불행하지도 않다는 건 진정 다행이지 않은가. 행복에만 빠져 산다면 자신과 적당히 타협하여 성장이 더딜 것이고 불행만 이어지는 삶이라면 진절머리가 날지 모른다. 행복과 불행의 적절함으로 우리는 지혜롭게 어려운 상황을 헤쳐 나가고 행복을 만끽하기 위해 노력하며 살 수 있다.

서은국 교수의 저서 『행복의 기원』에는 '행복은 기쁨의 강도가 아니라 빈도다.'라는 문장이 나온다. 큰 행복이라고 해도 행복의 감정은 오래 가지 않기에 우리는 작고 소소한 일들로 자주 행복감을 맛봐야 한다. 사랑하는 사람을 더 많이 만나고 나를 위해 맛있는 음식을 먹고, 좋아하는 공연을 보고 즐거운 취미 생활을 하는 모든 행위가 자신이 얻을 수 있는 소소한 행복이다. 이러한 행위들로 잠시 불행이 와도 일상을 이어갈 수 있는 힘을 얻는다.

노래를 듣는 소소한 행복에 만족하는 나는 음악 경연 프로그램을 즐겨본다. 경연을 통해 우승하고 유명해져야 하는 사연은 누구에게나 있다. 5분 내외 짧은 시간에 각자의 사연과 간절함이 심사위원들에게 전달되어야 한다. 눈빛에서 느껴지는 절실함, 높은 순위권에 들어야 하는 절박함, 온몸으로 표현하는 노래에 대한 진심은 듣는 사람에게 감동을 준다. 마음이 온전히 전해지면 심사위원은 아낌없이 칭찬한다. 최선을 다해도 탈락하는 사람이 있기 마련인데, 같은 마음으로 서로를 응원하는 경연자들의 모습에서 뭉클한 동료애가 느껴진다. 경연이 거듭될수록 실력이 늘어가는 모습을 보다 보면 벅차오르는 감정으로 응원하게 된다. 우승을 못 한다고 하더라도 최선을 다한 무대는 수많은 사람의 가슴에 새겨진다. 자신이 원하는 걸 이루기 위해 애쓰고 노력하는 모습은 함께 보는 이들에게 희망을 준다.

내가 경연 프로그램을 좋아하는 다른 이유는 무대에서 보여주는 절박함이 우리의 삶과 닮아 있어서다. 누구에게나 사연은 있고 자기 삶에 대한 애정이 있다. 늘 행복만 있는 게 아니기에 원하지 않은 불행이 닥치기도 한다. 위기의 순간은 언제든 올 수 있다. 그런 순간에는 경연 프로그램에서 노래하듯 자신의 장점을 극대화한다. 역량을 펼쳐 자신의 무대를 만들어 간다. 간혹 패자 부활로 무대가 만들어지기도 하지만, 그동안 갈고 닦은 본인만의 실력과 기량이 있어야 멋진 무대를 꾸밀 수 있다. 주변에는 선의의 경쟁자가 되어주는 좋은 동료도 함께한다. 매 순간 느끼는 불안한 감정에 휩쓸리지 않도록 격려하고 응원하는 사랑하는 사람들이 있다. 어쩌다 실수하는 무대를 꾸며도 괜찮다고 끄덕이면서 고생했다 아껴주는 자신이 있다. 이러한 환경 속에서 삶을 이루어가다 보면 내면이 튼튼해진다. 자신의 삶을 사는 사람에게는 에너지가 느껴진다.


나름대로 에너지가 가득한 삶을 살아간다고 생각했는데 암을 진단받은 후 내 삶은 뻥 뚫린 것 같았다. 암의 통증은 고통스러웠고 항암 치료의 고된 후유증은 끈질기게 내 몸을 따라다녔다. 가족들과 함께 할 수 없을까 봐, 내 삶이 사라질까 봐 두려웠다. 처한 상황들은 내 삶의 무대에서 절실함과 절박함이 더해졌다. 그리하여 이겨내고자 하는 마음을 강하게 만들었다. 좋지 않은 상황을 인내하고 살아가기 위해 작은 일들에 기뻐하면서 행복을 찾으려 했다. 몸 상태가 괜찮은 날은 잠깐이라도 산책하고 상쾌한 공기를 느꼈다. 좋아하는 음식을 먹고 좋아하는 영화를 봤다. 취미 생활로 나에게 즐거움을 줬다. 가족에게 사랑을 표현했다. 불행 안에서 나를 바꿔 새로운 삶을 살아가려고 노력했다.

몸이 아플 때 오는 상실감은 우리가 원하는 다른 무언가로 채워나가야 한다. 그게 일에서 오는 성취감일 수도 있고, 취미를 통해 얻는 만족감이 될 수도 있다. 사람에게서 느껴지는 편안함과 자신의 내면을 돌보며 오는 평온함도 행복을 준다. 맛있는 걸 먹으며 나를 아껴주는 마음도 소중하다. 일상에서 오는 작고 소소한 행복은 지금의 상실에서 벗어나 버틸 힘이 되어 줄 것이다. 그 힘으로 살아간다면 삶이라는 무대를 더욱 빛나게 꾸밀 수 있지 않을까.

노래에 사연이 입혀지면 더 가슴 깊이 다가오듯 인생에 고난이 더해지면 삶의 깊이가 달라진다. 삶이라는 무대에서 우승을 기대해 본다.

---

**#**

당신이 일상을 즐겁게 살아가기 위해 필요한 작고 소소한 행복들
에는 어떤 것들이 있으신가요?

---------------------------------------------------------------

---------------------------------------------------------------

# 사람 덕분에,
# 사람 때문에

"남의 상처를 안다고 자부하지 말 것. 그리고 나의 상처를 이해받기 위해 애쓰지도 말 것."

- 김신회, 『서른엔 행복해지기로 했다』에서

청각 장애를 가진 아버지와의 소통 단절. 슬픔과 결핍으로 가득 찼던 가난한 어린 시절. 그런 약점을 솔직하게 털어놓고 대중과 소통하며 위로하는 김창옥 강사. 그가 어느 강연회 장에서 한 연설은 만나야 할 사람과 아닌 사람에 대해 생각해 보게 했다.

"아무리 좋은 거라 해도 하려고 할 때는 마냥 좋지 않을 수 있어요. 언제 느낌을 믿어야 하냐면 끝날 때 느낌을 믿어야 해요. 콜라는 마시려고 할 때 좋아요? 마시고 나서가 좋아요? 마시려고 할 때 좋죠! 인스턴트 음식은 먹으려고 할 때 좋아요? 먹고 나서가 좋아요? 운동은 갈려고 할 때 기분이 좋아요? 끝나고 좋아요? 끝나고 좋은 게 진짜 좋은 거예요. 근데 우리가 너무 급하면 하려고 할 때 좋은 걸 해버려요. 사람을 만났는데 만나려고 할 때 좋은 건지, 헤어질 때쯤 좋은 건지를 생각해 보세요. 그럼, 그 사람이 계속 만나야 할 사람인지, 그렇지 않은 사람인지 구분할 수 있을 거예요."

세상은 사람 만나는 일의 연속이다. 태어나면서 가족을 만나고 친구를 만나고 성인이 되어서는 사회생활로 여러 사람을 겪는다. 나와 맞는 사람도 불편한 사람도 만날 수밖에 없는 게 현실이다. 나는 사회생활이 길지 않아 대인관계 폭이 좁았다. 좁은 대인관계 속에서도 질병에 대해 아는 사람과, 모르는 사람으로 나뉘었다. 아는 사람 중에는 안부 연락을 빈번하게 하는 사람과 나의 연락을 묵묵히 기다리는 사람으로 나뉘어졌다.

컨디션이 좋지 않은 날은 사람과의 소통 자체가 힘들었다. 입이 물에 빠진 솜처럼 무거워 말 한마디 꺼내기 벅찰 때도 많았다. 연락을 자주 하는 사람들은 내가 전화를 받지 못하면 메시지를 남겼다. 반복해서 내 몸이 어떤지, 기분은 괜찮은지 물으며 건강을 걱정해 주던 연락은 나를 더 지치게 하기도 했다. 어떤 이는 내가 전화를 받지 못하면 '전화 안 받네. 괜찮아? 너무 힘들어?'라는 메시지를 보내며 궁금한 게 뭔지 궁금하게 만들었다.

과도한 관심으로 마치 나를 문제 있는 사람으로 만들고 자신은 내게 도움을 줄 수 있는 사람이 되려 했다. '젊은 나이에 암에 걸린 안타까운 너를 내가 도와줘야 해.'라는 생각을 품은 고약한 심보는 선을 넘는다. 상대를 아래로 깔고 있는 마음을 숨기지 못하고 들키고 만다. 인정을 베풀어 선한 영향력을 가진 사람이 되고 싶은 마음은 상대를 자신보다 안타까운 사람으로 만든다. 도와주며 우월감을 느끼고 자존감을 챙긴다. 상대를 위해 도움을 주는 게 아니라 남을 도우면서 자신이 인정받기를 바란다. 자신이 원해서 도움을 주면서 인정해 주지 않거나 고마워하지 않으면 좌절한다. 인정해 주면 우쭐댄다.

도서 『당신의 방에 아무나 들이지 마라』(스튜어트 에머리, 아이반 마이즈너, 더그 하디 지음)에서는 엔진과 닻에 비유해 가까이할 사람과 멀리할 사람을 구분한다. 함께 문제를 해결하고 긍정적인 결과를 만드는 사람은 엔진이라고 칭한다. 반대로 문제에 집착하는 닻과 같은 사람은 상대를 아래로 끌어

당겨 묶는다고 표현한다. 타인을 향한 집착을 통해 에너지를 얻고 심지어 엔진으로 착각한다고 책에서는 말한다.

누구나 주변에 닻 같은 사람이 존재한다. 하지만 진심으로 상대를 배려하고 상처를 보듬어 주려는 엔진 같은 사람으로 인해 힘든 순간을 버틸 수 있다. 내게는 가족이 그랬고, 친척들이 그랬다. 가족은 나의 통증을 계속 봤기에 내 슬픔에 깊숙이 들어와 있었다. 남편과 아이들은 내가 통증에 힘들어할 때면 조용히 손을 잡아주었다. 시댁 식구들은 내가 항암 주사를 맞으러 병원에 갈 때면 아이들을 돌봐주고 내가 좋아하는 반찬을 해서 집에 놓고 가기도 했다. 형님은 가까이에서 아이들을 봐주고 집안일도 도와주어 몸과 마음을 크게 의지할 수 있었다. 친정 식구들도 아파하는 나를 걱정해 안부를 묻고 필요한 곳에 쓰라며 용돈을 보내주기도 했다. 수술 후에도 찾아와 건강을 살피며 마음으로 응원해 주는 친척들 덕분에 기운이 났다. 혼자 버티려 애쓰면서도 주위에 나를 걱정하고 도와주는 가족과 친척들이 있다는 사실에 큰 힘이 되었다. 응원의 힘을 받아 고통 속에서도 버틸 수 있었다는 생각이 든다.

가족들처럼 투병 기간 도움을 준 사람들이 있었는데 다니던 한의원 원장과 재활 운동센터 담당 트레이너였다. 한의원은 암 진단을 받기 전부터 종종 들리던 곳이었다. 한의원 원장은 내 암 진단 소식에 마음으로 위로하며 여러 방면으로 도움을 줬다. 항암 하면서 여기저기 아플 수밖에 없는 몸을 침과 뜸으로 치료해 주었다. 무엇보다 암을 지나가는 감기처럼 가볍게 여기지 않고 그렇다고 극복하지 못할 무시무시한 공포의 대상으로 만들지도 않아 심리적으로 안정을 주었다. 한의원 원장에게는 나의 통증과 슬픔을 존중받고 이해받는 기분이 들었다. 가족들이 마음 아파할까 봐, 다른 사람들이 내 아픔에 부담스러워할까 봐, 슬픔을 털어놓지 못할 때가 많았다. 그럴 때마다 이야기를 들어주고 아픔과 슬픔에 공감해 주어 불안한 심리 상태에서 벗어날 수 있었다.

　재활 운동센터 담당 트레이너는 항암 치료로 지쳐 있는 내게 운동을 가르쳐 주며 체력이 떨어지지 않도록 도움을 주었다. 가족 중에도 암을 겪고 있는 사람이 있어 움직이기 힘들어하는 나를 이해했다. 몸이 힘들면 집에만 있으려고 했던 나를 불러 운동하도록 이끌었다. 큰 무리 없이 항암 치료 일정을 지킬 수 있는 데 큰 도움이 되었다. 헬스트레이너와는 지금도 가끔가다 연락하며 건강에 대한 안부를 주고받는다.

내가 아플 때 도움을 준 사람들 덕분에 힘들었던 투병 기간을 버틸 수 있었다. 지금도 나의 아픔에 함께 눈물 흘려주며 슬픔에 공감해 주었던 사람들을 잊지 못한다. 고마운 사람들이 있어 슬퍼도 견딜 수 있었고 울면서도 살아갈 힘을 얻었다.

살다 보면 지나칠 수 없는 힘든 날들이 온다. 외부 환경이 힘들면 상황에 휩쓸린다. 마음이 복잡하면 사람에게 휘둘린다. 몸이 아파 마음이 약해진 상태에서는 에너지를 주는 사람과 뺏는 사람이 헷갈리고 구분이 어려울 수 있다. 누군가 만나고 온 후 마음이 충만하고 '아프지만 살만한 세상이다. 주위에 좋은 사람이 있어 고맙다.'라는 생각을 하게 해 주는 사람은 엔진이다. 어떤 사람을 만나고 돌아온 후 무언가 모르게 찜찜하고 싸하다면 닻이다. 교활하게 불편함을 주고 싶은 사람은 대놓고 드러내지 않는다. 꼬집어 말할 수는 없는 불쾌감을 주면서 갸웃거리게 하고 되새겨서 의도를 파악해야 하는 행동과 언어를 사용한다. 암에 걸리고 나서야 사람들이 하는 말과 태도를 바라보며 사람을 구분하는 눈이 생겼다.

인생의 항해 중 만나는 큰 파도는 앞으로 나아갈 수 있게 해 줄 엔진 같은 사람을 알아보는 안목을 키워준다. 엔진으로 위장한 닻을 구분할 수 있는 능력도 준다. 에너지를 갉아먹는 닻이 달린 줄은 끊어버리면 그만이다. 주위에 있는 진정한 엔진과 나를 끌어 내리려는 닻을 구분할 수 있다면 어려운 일에 처했을 때 사람 때문에 상처를 받지 않고 사람 덕분에 살아갈 힘을 얻을 수 있을 것이다.

> **#**
>
> 살아갈 힘을 주는 엔진 같은 고마운 사람, 지금 당신 곁에 떠오르는 사람이 있으신가요?
>
> ------------------------------------------------------------
>
> ------------------------------------------------------------

# 각자 다른
# 외로움 속에서

"너 오늘 혼자 외롭게 꽃으로 서 있음을 너무 힘들어하지 말아라."
- 나태주, 「혼자서」에서

어릴 때 혼자 늦게까지 아빠를 기다리다 잠들었다. 잠들기 전, 애국가가 나올 때까지 TV를 켜놓고 적막함을 견뎠다.

이현정 인류학과 교수의 저서 『외로움의 모양』에는 외로움을 느끼는 12명을 인터뷰한 내용이 담겨 있다. 모두 제각각 다른 모양으로 외로움을 호소한다. 대부분의 사람이 외로움 안에 어린 시절이 남아 있다. 어린 시절 부모가 곁에 없거나 부모가 있다고 해도 소통의 부재가 자리 잡고 있다. 외롭지만 대화할 사람이 없고, 누군가 있어도 이야기를 듣고 싶어 하지 않는다. 사람들 안에서도 외롭기는 매한가지다. 우리가 느끼는 감정이 언어 표현으로 전부 해소될 수 없기 때문이 아닐까. 나름대로 정확한 표현으로 마음을 이야기한다고 해도 받아들이는 상대에 따라 뜻은 왜곡된다. 그럴 때 우리는 더욱 외롭다.

어려서 누군가 내지 무언가의 부재로 외로웠다면 성인이 되어서는 각자에게 주어지는 역할과 의무, 책임감에서 외로움을 느낀다. 자신은 받지 못했던 부모의 역할을 내 자식들에게는 해주려 노력하며 어린 시절은 상기된다. 부모는 부재를 주었으나 그들 곁에 남아 외로웠던 시절을 확인받고 보상받고 싶어 한다. 이제는 도움 없이 살 수 없는 어린아이 위치에서 벗어나 성인이 되었음에도 외로움은 사라지지 않고 시시때때로 존재를 드러낸다.

어린 시절 혼자 있는 시간이 많아 외로웠다. 성인이 되어서는 역할과 의무에 충실하며 앞만 보고 살다 보니 마음이 공허해 외로웠다. 나를 돌보지 못해 외로웠다. 그렇게 외로운 틈에 어느 날 찾아온 암은 나를 더욱 외롭게 만들었다.

내 앞에 어떤 아프고 외로운 이가 지나갔을지 모를 차가운 검사대에 상체를 드러내고 누워 외로웠고, 수술 부위 흉터 크기를 비교하는 검사자들의 말 틈에 있어 외로웠다. 아픈 사실을 모르는 건강한 사람들 사이에서 아프지 않게 보이기 위해 외로웠고, 내 병에 대해 아는 사람들 사이에서는 씩씩한 척하느라 외로웠다. 누군가 5년, 10년 후의 계획을 이야기할 때 나 혼자 미래를 확신할 수 없어 외로웠다. 만나는 사람들 틈에서 속내를 감추며 외로웠고, 마음을 드러내고 나면 오롯이 이해받지 못해 외로웠다. 밤에는 죽음에 대한 두려움을 느끼면서 외로웠고 낮에는 건강한 사람들 속에서 혼자 아파 외로웠다. 다른 사람들은 그대로인데 나만 변한 것 같아 외로웠고, 그 외로움을 나만 안다는 사실은 나를 더욱 외롭게 했다. 모든 외로움은 암 환자 역할을 부여받은 나만의 외로움이었다.

어린 시절 외로움을 가슴 깊이 묻어두고 살았는데 암이라는 질병은 극한의 외로움으로 나를 밀어 넣었다. 아마도 대부분의 사람은 모양도 색상도 질감도 다른 각자의 외로움 속에서 사는 운명일지 모른다. 외로웠던 감정은 그대로 남아 있기에 어느 순간 불쑥 삶에 나타난다. 외로움은 슬픔, 고독함, 불안, 분노, 억울함과 같이 다양한 감정으로 마주칠 수 있다. 사람들은 이 감정들이 부담스럽고 낯설어 회피하기도 한다. 내가 느끼는 감정은 나만이 살피면서 따뜻한 마음으로 보듬어 줄 수 있다.

마음을 터놓을 수 있는 타인이 있어도 결국 내 마음을 들여다보고 가장 잘 알 수 있는 건 나 자신이다. 그렇게 외로움을 알아가다 보면 외로운 감정에 마음이 힘들지 않고 살아갈 힘으로 다가오기도 한다. 외로움은 버티고 이겨 낼 부정적인 마음이 아닌 동행해야 할 친구일 뿐이다. 자신이 느끼는 외로움에 대해 의문을 품고 관심을 가져보는 건 어떨까. 내가 느끼는 외로움을 바라보고 보살피기 시작할 때 좀 더 나은 삶을 살아가게 된다.

암을 겪으면서 수 없이 느꼈던 외로움은 나를 단단하게 했다. 더 많이 생각하게 하고 글을 쓰게 했다. 사람은 누구나 혼자만의 시간이 꼭 필요하다. 혼자만의 시간이 필요할 때 외로움이라는 감정이 찾아오는 것일 수도 있겠다는 생각을 해봤다. 자신을 보살피고 마음을 읽어주라는 뜻으로 말이다. 삶을 생각하고 내가 살고 있는 순간을 기억하고 정리하면 슬기롭게 외로운 마음을 들여다볼 수 있지 않을까. 외로움을 마주하였을 때 나오는 힘은 분명 자신을 강하게 만든다.

『외로움의 모양』에서 한 인터뷰이는 자신의 외로움을 '바스

락거리는 소리로 쓸쓸한 기분을 자아내는, 바람에 구르는 바싹 마른 낙엽'이라고 표현했다. 다른 인터뷰이는 '자신의 길을 걸어가지 못하고 외부에 휩쓸려 물살에 떠내려가는 스티로폼'으로 비유했다.

내 외로움의 모양은 '깊은 바닷속에 던져진 색상이 무척 진한 돌'과 같다. 아주 무겁게 내려앉아 움직일 수 없을 만큼 깊게 자리 잡고 있다. 색상마저 진해 비가 와서 바닷물이 탁할 때는 볼 수 없는 돌과 비슷하다. 밝은 햇살이 바다에 비춰 반짝반짝하며 투명해지는 날 관심을 가지고 깊이 들여다봐야 볼 수 있는 돌을 닮았다. 아무 때나 볼 수 없고 아무에게나 보이지 않는다.

각자가 느끼는 외로움의 모양은 어떠할까. 어떠한 모양이든 결국 자신의 외로움을 알아봐 주고 보듬어 줄 사람은 자신뿐이다. 살아가는 보통의 삶에서 대부분의 사람은 외로울 수밖에 없으며 그 사실을 알고 나면 더 이상 외로움 때문에 외로운 순간을 힘겨워하지 않을 수 있을 것이다.

암을 겪으며 느낄 수밖에 없었던 외로움, 당신의 외로움은 어떤
모양인가요?

---

---

$$5$$

# 공감이 필요한 순간은
# 누구에게나 온다

"사람의 마음에는 저마다 강이 흐른다고, 나는 생각한다. 어떤 말
이 우리의 귀로 들어오는 순간 말은 마음의 강물에 실려 감정의 밑
바닥까지 떠내려온다."

- 이기주, 『말의 품격』에서

인지심리학자 김경일은 저서 『타인의 마음』에서 상대를 알
고 싶으면 갑작스러운 선물을 해보길 권한다. 예상하지 못했
기에 나오는 반응이 그 사람의 본질이며 기본이라고 설명한
다. 선물에 대해 감사하는 마음은 구매 이유를 묻기도 하며
고마움을 표현한다고 덧붙였다.

갑작스럽게 받은 선물은 사람의 기분을 더욱 좋게 한다.
상대를 생각하며 고른 후 상대를 위해 돈을 지불하고 기쁜
마음으로 들고 왔을 것이다. 상대가 받고 행복해하는 모습을

상상하며 골랐을 마음이 얼마나 예쁘고 고마운가. 갑작스러운 선물을 받고 고마움이 더 큰 이유는 선물의 내용보다 주는 사람의 마음을 알 수 있어서다. 선물하는 당사자의 마음을 느낄 수 있고 이해할 수 있다면 설령 불필요한 선물이라해도 무표정으로 받기는 힘들다. 가끔은 선물한 상대의 따스함을 생각조차 못 하는 사람들이 있다. 그리고 상대의 마음에 공감하기를 어려워하는 사람을 주위에서 흔하지 않게 만날 수 있다.

암을 겪고 보니 우리 주위에는 자신도 겪을 수 있는 일에 공감하지 못하고 아픔을 이해하는 감정도 결여된 사람들이 있다는 사실을 알게 되었다. 공감이란 상대의 상황과 마음을 이해하는 것이다. 이해를 통해 '상대가 지금 힘든 시간을 보내고 있구나. 내가 알지 못하는 상황과 감정을 견디고 있을 수 있겠구나.' 하고 깨닫는 마음이다. 상대의 마음을 알 수 없다면 조금이라도 이해해 보려는 노력이 필요하다. 노력이 안되면 최소한 가만히 있어 주면 좋을 텐데 그마저도 안 되는 경우를 종종 본다.


말하는 상대의 말이 다 맞다고 해도 듣는 사람의 입장에서 유쾌하지 않은 경우는 허다하다. 밥을 많이 먹으면 암세포가 커지니 적게 먹으라는 말은 과식하면 속이 불편하니 소식하라는 말로 뜻을 전할 수 있다. 죽음이라는 말이 따라다니는 암에 대해 금방 낫는다며 지나가는 감기처럼 가볍게 여기는 상대의 말은 내가 겪고 있는 고통을 무의미하게 만든다. 암으로 죽은 가까운 이에 대한 자세한 설명도 그다지 궁금한 이야기는 아니다. 난소 제거 후 젊은 내가 갱년기 증상으로 힘들어하는 걸 뻔히 알면서 오랜만에 만나 생리 증후군만 쉬지 않고 말한다면 어떨까? 나를 놀리는 건지, 진심으로 힘들어서 하는 하소연인지, 하소연을 가장하여 자신의 건강함을 으스대는 건지 구분하는 능력까지 발휘해야 한다.

상대를 문제 있는 사람으로 취급하고 자신은 우월한 존재로 느끼는 감정은 기본적인 배려 없이 밖으로 표출되기도 한다. 수술 후유증으로 부종이 온 내 팔과 다리를 뚫어지게 응시하며 '왼쪽이 다 붓는구나. 부었네. 많이 부었네. 심하게 붓는구나.'란 말은 어떻게 받아들여야 하는지 고민하게 한다. 묘하게 기분 나쁜 시선과 뜻을 알 수 없는 언어에는 정서가 담겨 있다. 숨은 의도를 알아차려야 하는 대화는 신뢰를 잃는다. 듣는 사람이 불쾌함을 느끼고 고민해야 하는 언어는 심리적 피로를 준다. 저마다 던지는 한마디는 순식간에 수십, 수백 마디가 쌓여 상처로 다가온다.

어느 순간 무심과 고의를 넘나드는 상대방의 언어를 의심한다. 그 언어를 의심하는 게 맞는지 또 나를 의심한다. 반복되는 의심은 상대방의 의도가 무엇인지 상관없이 의심을 그만 끝내고 싶어 한다. '내가 잘못 생각했겠지. 나를 위한 말이었을 거야. 그냥 헛말이 나왔겠지.' 에둘러 믿어 버린다. 상처를 주는 말들은 그냥 나오는 게 아니다. 상대가 어떠한 심정으로 암을 받아들였는지 알지 못하기에 꺼낼 수 있다. 죽음의 두려움을 이기기 위해 버티고 있는 상대에게 관심이 없으니 눈 감아 버린다. 하루하루 살기 위해 몸과 마음의 끈을 부여잡는 모습은 눈에 보이지 않는다. 알지 못하는데 눈까지 감아버려 이해할 수 없고 이해하려는 노력까지 없는 마음은 아무 말이나 하게 한다.

배려 없는 말들 속에 불편함을 삭이고 나를 걱정해서였거니 이해하려는 쪽은 '나'이다. 그러나 현실은 이러한 말들이 건강하지 못한 나를 열등한 쪽으로 밀어버리고 아픈 나를 감싸주고 챙기는 넓은 아량의 언어로 둔갑해 버리기 일쑤다. 당사자는 원한 적 없는 말들을 너를 위한다며 그럴싸하게 포장하여 상처의 형태로 던진다. 생각 없이 던진 상처의 말들에 대한 아픔은 고스란히 상처를 떠안은 사람의 몫이다.

살다 보면 지인도, 친구도, 가족도 내 마음과 같지 않을 때가 많은데 하물며 얼굴도 이름도 알 수 없는 익명의 공간은 오죽할까. 유방암 환우들이 모인 온라인 카페에서 감정 기복이 심해 힘들다는 글을 본 적이 있다. '그렇게 힘들면 병원에 가보시던가요.'라는 무미건조함이 느껴지는 댓글에 놀라지 않을 수 없었다. 병원에 갈 상황이 되지 않거나 주위에 말할 수 없으니 같은 처지에 있는 사람들에게 조언을 바라며 쓴 글이 분명했다. 조언이나 위로는 할 수 없다고 치더라도 그냥 지나가지 못하고 댓글을 쓰는 건 무슨 이유에서일까?

암을 진단받고 소통하기 위해 모인 곳에서도 그러는데 암 관련 일반 기사의 댓글에는 공감과 이해를 바랄 수 없는 글들이 수두룩하다. '잘 살지 못했으니, 암에 걸린 거다. 친척 누구는 엉망으로 살더니 암에 걸렸다. 다 자업자득이다. 먹는 거 막 먹고 운동도 하지 않는 사람들이 걸리는 거다. 의사들이 하라는 그대로 살지 않은 사람들이 걸리는 게 암이다.' 차마 입에 담기도, 떠올리기도 싫은 말들을 익명의 이름으로 떠든다. 자신들은 무병장수 열차에 탑승해 지연과 차질 없이 인생의 목적지에 도착할 것처럼 아픈 이들의 마음을 할퀸다.

작은 상처가 누적될수록 우리의 삶이 무너질 수 있다는 위험성을 알려주는 도서 『스몰 트라우마』(멕 애럴 지음)에는 '미세 공격'이라는 단어가 나온다. 미세 공격은 의도하진 않았으나 속에 품고 있는 모욕이나 무시를 남이 모르게 전달하는 암묵적인 편견의 일종이라고 정의한다.

암 발병 원인이 '자기관리 실패'라는 편견은 보이지 않는 입으로 모욕을 주고 보이지 않는 손으로 무례를 범한다. 암으로 인해 고통받는 사람에게 건강에 대해 지적하고 막말을 쏟아내는 행위가 미세 공격이 아니라고 말할 수 있는가. 가끔은 누구에게나 일어날 수 있는 일이 자신은 피해 갈 수 있을 거라고 생각한다. 공감해 주길 바라는 마음에 그 생각에 딴지를 걸고 싶지는 않다. 다만 자신의 공감 능력 부재를 스스로 알릴 필요가 있는지 묻고 싶다.

암에 걸리고 보니 타인의 말에 상처받는 일이 늘었다. 내가 원한 암이 아니듯 이런 상처 역시 나는 원하지 않았다. 상처를 원해서 받는 사람은 없겠지만 갑작스러운 선물이 더욱 기분 좋고 기억에 남듯, 갑작스러운 상처의 말은 가슴에 새겨져 아픔을 더욱 깊게 만든다. 상대의 상처를 바라볼 수는 없다는 건 알고 있다. 타인이 내 일에 나와 내 가족처럼 슬퍼해 주길 바란다는 건 욕심이다. 모든 사람의 아픈 이야기에 공감하고 이해할 수는 없겠지만, 최소한 상대를 이해하려는 노력은 더 깊은 상흔을 남기지 않는다는 사실은 틀림없다.

누구든지 공감을 원하고 위로받고 싶은 상황에 부닥칠 수 있다. 말과 글에는 온도가 있고 말과 글은 곧 그 사람이다. 사람은 결국 따뜻한 마음을 찾아간다. 지나가는 말 한마디, 남기는 글 한 줄에도 온기가 전해지는 따뜻한 사람으로 남길 소망한다.

#

상대를 이해하지 못한다면 할 수 없는 공감, 당신이 받고 싶은 공감은 무엇인가요?

----------------------------------------------------------------

----------------------------------------------------------------

$$6$$

# 작은아이와
# 훌쩍 커버린 큰아이

"지나온 모든 순간은 어린 슬픔만 간직한 채 커버렸구나. 혼자서
잠들었을 그 밤도 아픔을 간직한 채."

— 김필, 〈그때 그 아인〉에서

결혼하고 아이들을 낳아 보육하면서 여러 시행착오를 겪
었다. 육아 서적을 보며 시기마다 먹어야 하는 이유식과 음
식들, 수면 방법, 때에 맞는 성장 발달에 대해 배웠다. 첫째
아이는 다행히 육아 책에 적힌 발달 단계를 그대로 거치며
커갔다. 첫째 아이 여섯 살 때 둘째 아이가 태어났다. 잘 자
고 잘 먹고 순탄하게 자란 첫째 아이와 놓고 보면 둘째 아이
는 힘들고 어려웠다. 첫째 아이는 아기 때부터 12시간씩 자
며 잠투정이 없었다. 둘째 아이는 예민하고 잠투정이 심했
다. 10분 자고 30분씩 우는 날들이 계속되었다. 숙면해야 할

새벽 1시부터 4시까지. 새벽마다 우는 아이를 달래고 울지 말라고 사정도 하면서 불편을 찾아 해소해 주기 위해 노력했지만, 아무 소용이 없었다. 돌이 넘도록 잠투정은 이어졌다. 비몽사몽인 상태로 하루하루가 지나갔다. 둘째 아이의 잠투정은 두 돌이 될 무렵부터 조금씩 나아졌다. 한 달에 한 번, 석 달에 한 번, 우는 빈도수가 점차 줄었다.

말이 늦었던 둘째 아이는 마음에 들지 않으면 물건을 던지거나 길에 누워버리는 행동으로 의사를 표현했다. 식당에 가면 식사가 나오기까지 식당 바닥에 누워 있었다. 나에게 새로운 경험을 하게 해주려고 태어났나 싶을 정도로 첫째 아이와는 다르게 여러 에피소드를 남겼다. 둘째 아이 육아는 첫째 아이에 비해 힘들었지만, 시간이 지나고 보니 아찔하면서도 웃음 짓게 하는 추억들이 많았다. 언어 발달이 늦었지만, 애교가 많아 "엄마 최고 사랑해. 엄마만 좋아."라며 애정 표현을 넘치게 하는 사랑스러운 아이로 자랐다. 둘째 아이의 애교를 보며 감출 수 없는 환한 웃음이 나올 때면 내 어린 시절이 생각났다.

아빠는 젊은 나이에 어린 딸을 혼자 키우기 힘들었나 보다. 할머니, 첫째 큰집, 둘째 큰집, 셋째 큰집, 큰 아빠, 큰 엄마들, 고모 등 아빠의 형제들에게 나는 돌아가며 맡겨졌다. 아주 어릴 때 어쩌다가 만나는 아빠가 그저 좋았다. 오랜만에 만난 아빠는 나를 데리고 야외로 놀러 가고 맛있는 음식을 먹인 후 다시 큰집으로, 할머니에게로 돌려보냈다. 아빠가 오면 만나고 다시 맡겨지는 상황에 익숙했다. 어릴 때부터 엄마에 대한 기억이 별로 없어 다른 아이들은 함께 하는 엄마가 내겐 왜 없는지 궁금해하지도 않았던 것 같다. 하교 후 갑자기 비 오는 날 다른 아이들은 전부 엄마가 들고 온 우산을 쓰고 갈 때 혼자 비를 맞으며 뛰어가면서도 엄마를 떠올리지 않았다.

내가 초등학교 때 당시 나를 돌보던 셋째 큰 아빠가 통지표 가정 통신란에 '엄마 없이 혼자 크는 아이입니다.'로 시작하는 글을 쓴 적이 있었다. 선생님께 제출 전 나는 '엄마'란 글자를 볼펜으로 박박 그었다. 엄마가 없다는 걸 다른 사람이 아는 게 자존심 상했다. 큰아빠가 통지표에 쓴 대로 나는 엄마 없이 크는 아이였다. 하지만 혼자 크는 아이는 아니었다. 할머니, 큰아빠들, 큰엄마들의 차별 없는 사랑으로 구김살 없이 자랄 수 있었다. 큰아빠 무릎에 앉아 큰아빠가 먹여주는 밥을 먹고, 할머니, 큰엄마들이 깨끗하게 빨아주는 옷을 입고 자랐다. 아프면 약을 먹이고 나를 걱정해 주던 그때 그때의 보호자들의 보살핌과 사랑 속에서 자랐을 것이다.

치료하며 통증이 심해질수록 마음이 약해져서 포기하고 싶은 순간들이 찾아왔다. 우는 날이 늘수록 세상에 필요 없는 존재가 된 듯했다. 가만히 누워 있다 바닥으로 스며들어 세상에 없었던 듯이 사라지고 싶었다. 통증도 아픔도 슬픔도 어떤 식으로든 끝나길 바랐다. 그런 생각이 들 때면 어린 나를 떠올렸다. 나도 누군가의 사랑이었고 웃음이었다는 걸 생각하니 포기할 수 없었다. '지금 우리 아이들처럼 나도 그랬겠지. 아빠와 친척들에게 웃음을 주고 행복을 줬겠지.' 나는 사랑 받아 마땅한 존재. 죽음을 생각하며 힘들어할 이유가 전혀 없었다. 나는 살아 있고, 치료를 잘 받으면 아이들 곁을 떠나지 않을 수 있다고 생각하며 마음을 강하게 다잡았다. 지금 내게 불행이 와 있지만 내 삶이 끝난 건 아니었다.

아파서 아무것도 하지 못하고 누워 있는 날. 내 품을 파고드는 아이들을 보며 아이들이 내게 행복과 사랑으로 살아갈 힘을 주듯 아이들에겐 내가 행복이고 기쁨이라는 알 수 있었다. 절대 없어서는 안 될 존재라는 걸. 부모들은 눈에 넣어도 아프지 않은 내 아이라고 말하며 부모가 아낌없는 사랑을 준다고 생각한다. 어쩌면 아낌없는 사랑을 주는 건 오히려 아이들일지 모른다. 아이들은 태어날 때부터 부모의 사랑을 얻길 원한다. 부모에게 무한한 사랑을 표현한다. 아이에게 엄마는 사랑을 주고받는 소중한 존재다. 알아차리고 나니 지금 불행에 슬퍼만 할 순 없었다. 아이들을 위해, 나를 위해 열심히 치료를 받고 다시 건강해지겠다고 다짐했다. 나의 존재가 기쁨이고 행복이고 사랑일 내 아이들을 위해.

세상에 뚝 떨어져 혼자 자랐다고 생각한 적이 있었다. 태어나 혼자 자랄 수 있는 아이는 없다는 걸 아이들이 커 가는 모습을 보며 깨달았다. 성인이 되고 나서도 오랜 시간이 흐른 후, 어린 시절 나 역시 누군가의 사랑과 보살핌을 받으며 자랐다는 걸 알게 되었다. 엄마 없이 큰 내 안의 작은아이는 두 아이의 엄마가 되어 훌쩍 커져 있었다.

#

암 투병 중 포기하고 싶었던 순간, 당신은 어떤 힘에 용기를 얻어 일어날 수 있으셨나요?

--------------------------------------------------------------

--------------------------------------------------------------

$\boxed{1}$

# 6개월마다
# 건네는 인사

"흉터야말로 당신이 그만큼 용감했고, 강인했음을 말해 주는 삶의
훈장인 것이다. 그러므로 큰 상처에도 불구하고 씩씩하게 살아남
은 당신 자신을 칭찬해 주었으면 좋겠다."

- 김혜남, 『만일 내가 인생을 다시 산다면』에서

내 불행이 예고 없이 찾아왔듯이, 17년 전 아빠도 어느 날
갑자기 암 선고를 받았다. 아빠가 입원 후 나는 아빠를 간호
하기 위해 다니던 회사에서 퇴사했다. 입원한 아빠를 보며
의사는 나에게 말했다.

"2주 후면 정신을 잃으시고 중환자실로 가시게 될 겁니다.
중환자실에 2주 동안 계시다가 사망하실 확률이 높습니다."

방금까지 아빠는 나를 보며 웃으며 이야기했는데 말도 되
지 않는 소리라고 생각했다. 한 달 후면 내 옆에 계시지 않을

수도 있다는 말을 도저히 믿을 수 없었다. 아니 믿고 싶지 않았다. 일반 병실에서 아빠와 함께 밥을 먹고 대화하며 2주의 시간이 지났다.

의사는 아빠에게 호흡이 힘들면 코에 호흡기를 끼길 권유했으나 아빠는 괜찮다고 아무렇지도 않다며 손을 저었다. 그렇게 저었던 손을 며칠 후엔 들지 못했다. 만류하던 호흡기마저 껴야 했다. 아빠는 별다른 말도 없이 2주 만에 자발적인 호흡이 힘들어졌다. 병원에 들어갈 때는 걸어갔는데 입원 2주 만에 누운 채로 다른 사람 손을 빌려 중환자실 침대에 눕혀졌다. 하루에 1~2번 중환자실 면회 시간에만 아빠를 만날 수 있었다. 지금도 기억하는 아빠의 눈. 내가 갈 때마다 아무 말도 하지 못하고 눈물을 흘리셨다. 젖은 물수건으로 아빠의 얼굴을 씻겨 드리며 눈물도 함께 닦아드렸다. '우리 아빠, 나왔어. 나 보고 싶었지? 혼자 있으니까 심심하지? 나 조금 있다가 금방 다시 올 거야.' 눈을 마주치고 대답이 힘든 아빠의 손을 잡고 같은 말을 되풀이했다.

1주일쯤 시간이 흘렀을까. 나를 번쩍 안아 목말을 태워 주던 강한 아빠는 눈꺼풀 올릴 기운도 없었는지 눈을 뜨지 못하셨다. 아빠의 눈동자도 흐르는 눈물도 더 이상 볼 수 없었다. 아빠는 의사의 말대로 중환자실에서 2주 만에 돌아가셨다. 담도암 말기는 그렇게 급하게 아빠의 손을 다시는 잡을 수 없게 만들었다. 거짓말 같은 4주의 시간이 지났다. 생각해 보면 내가 지금껏 보낸 세월 중 제일 빠르게 흘러간 시간이 아닐까 싶다.

유방암 재발 환자 중 70%가 3년 이내에, 92%는 5년 이내에 재발한다고 한다. 수술 후 한동안은 검진을 위해 3개월마다 정기적으로 병원에 방문했다. 검진 때마다 혈액검사, 유방 CT, 유방 MRI, 뼈 스캔 검사를 번갈아 했다. 검사할 때마다 재발을 걱정하며 마음을 졸였다. 수술한 지 2년이 지난 후에는 기간이 조금 늘어 6개월마다 검진하기 시작했다.

'대단하다 큰 병을 이겼다. 고생했다. 앞으로 더 건강하게 살 거야.' 지인들은 내게 위로와 응원을 전했다. 내 불행이 모두 끝난 것처럼 말했다. 나는 여전히 3~6개월마다 병원을 방문하고 있었다. 살아 있고 잘 지내면서도 다시 올지 모를 고통을 걱정했다. 병이 나은 것도, 낫지 않은 것도 아닌 것 같은 복잡한 기분으로 삶은 이어져 갔다. 항암 치료를 견디고 수술 후 방사선 치료까지 마치면 암과는 모두 끝일 줄 알았다. 머리카락이 다시 자라면 건강했던 예전과 다름없이 살수 있길 기대했다.

큰 병을 겪으며 체력은 떨어졌고 6개월마다 가는 병원에서 다양한 감정들을 마주하며, 울적했다. 한편으론 재발 없이 건강하게 견뎌내는 내 몸이 대견스러웠다. 그렇게 6개월이 지난 후에는, 건강하게 사는 수많은 사람과 달리 나는 왜 6개월마다 이런 검사 절차를 겪어야 하는지 억울하기도 했다. 또다시 6개월 후에는, 삶이 6개월 연장되었다고 안심했다. 반복되던 마음을 가다듬고 6개월 만에 다시 찾은 병원에서 6개월의 삶이 다시금 나를 기다리고 있었다. 6개월마다 삶이 끊어졌다 이어졌다.

무력한 마음이 조금 수그러지면, 돌아가신 아빠와 함께한 마지막 날이 유난히 떠올랐다. 만약 아빠가 암을 이기고 6개월마다 검진을 했다면 어땠을까. 그런 아빠에게 나는 어떤 말을 했을지 상상해 보기도 했다.

"아빠 병원 잘 다녀왔어요? 검사 결과 좋죠? 아무 이상 없어서 정말 다행이에요."

"그럼, 결과 좋지. 그때 죽었으면 우리 딸 얼굴도 못 보고 억울했을 거야. 6개월마다 병원 와서 건강 체크하고 우리 딸 얼굴 앞으로 쭉 볼 수 있으니까 너무 좋아. 아빠 살아 있어서 정말 행복해."

아빠가 병원에 다녀오는 6개월마다 이런 대화를 나눌 수 있었다면 얼마나 좋았을지 생각만 해도 가슴이 시렸다. 아빠와의 대화는 상상으로 끝내야 하지만 나는 아이들과 대화할 수 있다는 사실에 안도했다. 아빠도 6개월마다 이어지는 내 삶을 응원하고 있을 것만 같았다.

활기 없이 의무적으로 방문하던 병원이 아빠를 생각하고 아이들을 생각하니 다르게 다가왔다. 6개월마다 인사를 건네는 삶도 반가움이 가득하다. 잘 극복하고 있는 내 몸이, 긍정적으로 바라보려는 내 마음이 대견스럽다. 아빠는 이미 돌아가셔서 대화할 수 없지만 나는 우리 아이들과 대화할 수 있다는 사실에 큰 기쁨이 몰려온다. 6개월마다 새로운 마음으로 찾아오는 삶이 참 감사하다. 커 가는 아이들의 모습을 볼 수 있다는 게 얼마나 고마운 일인지 살아 있어 느낄 수 있다. 비 오는 날 우산을 들고 아이들을 마중 나갈 수 있어 고맙고 엄마를 부르며 뛰어오는 아이들을 안을 수 있어 행복하다. 남편과 아이들과 맛있는 음식을 먹고 함께 누워 잠을 청

할 수 있는 매일 매일에 예전과는 다른 평온함을 느낀다. 전과 다르게 사소한 일에도 감사함을 느끼며 생각했다. 삶은 내게 행복을 누릴만한 사람이라는 걸 계속해서 알려주기 위해 6개월마다 병원에 가도록 하는 건 아닐지. 10년 후쯤에는 아빠에게 듣고 싶었던 말을 내가 아이들에게 할 수 있으리라 믿는다.

"엄마 병원 다녀왔어요? 건강하게 곁에 있어 주셔서 감사해요."

"응. 아무 이상 없이 건강하대. 그때 엄마 매우 힘들었는데 너희들 덕분에 견딜 수 있었어. 우리 딸들 볼 수 있어서 정말 행복해. 고마워."

오늘도 삶이 내게 인사를 건넨다. 살아 있어 장하다고. 충분히 행복을 누리며 살아보라고.

---

#

앞으로의 삶이 당신에게 어떤 인사를 건네길 바라시나요?

------------------------------------------------

------------------------------------------------

스스로 만드는
삶의 전환점

*"당신은 당신이 믿는 것들이고 당신이 사랑하는 사람들이며 당신*
*방에 걸린 사진들이고 당신이 꿈꾸는 미래이다."*

- 에린 핸슨, 「아닌 것」에서

살아가면서 경험이 적으면 자신만의 세계가 전부인 듯 좁은 시야를 가진다. 본인이 아는 것에만 집중한다. 대다수가 아는 사실을 자신만 아는 특별한 것처럼 조언한다. 이러한 사람이 되지 않기 위해 살아가는 동안 배우고 여러 가지 일들을 경험해야 한다. 체득하여 자신의 것으로 만드는 건 모두 중요하고 소중하며 귀하다.

가난을 겪은 사람들은 절약하고 저축하며 돈을 모으고 가난에서 벗어나기 위해 노력한다. 대인 관계에서 어려움을 느껴 본 사람은 상처 없이 사람을 만나는 지혜를 가지려 한다.

자기 적성에 맞지 않는 직업을 택해 힘들었다면 자신이 좋아하는 일을 찾는데 주저함이 없다. 생명이 다할 때까지 좋아하는 일을 하고 사람을 만나고 자의든 타의든 크고 작게 일어나는 모든 경험으로 배움을 얻고 살아간다. 얻는 경험들은 삶에 도움을 주지만 건강을 잃어 보는 경험을 한 후 건강의 소중함을 알고 싶어 하는 사람은 없을 것이다. 건강을 잃으면 다 잃는다는 말을 비추어 보면 큰 질병에 걸려보지 않고도 건강의 소중함을 안다고 생각할 수 있다.

가난을 겪은 사람은 가정의 경제 상황을 조언하고 사람에게 실망했다면 사람을 분별하여 사귀는 방법을 이야기한다. 건강하지 않음으로 오는 제약들과 질병의 고통을 아는 사람은 타인에게 건강을 잘 보살피라고 조언한다. 이렇듯 대부분의 조언은 자신에게 하는 것이며 자신이 한때 가졌거나 지금 가지고 있는 결핍에서 비롯한다.

나의 결핍은 무엇이었을까? 나는 인정욕구가 강했다. 다른 이들이 보기엔 그저 그런 집안일이지만 남편에게, 주위 사람들에게 인정받길 원했다. 인정받고 싶은 마음으로 살다 보니 집안일이 가장 중요한 일이 되었다. 놀이 매트 틈새를 면봉으로 닦는 일. 옷장의 옷들을 줄 맞춰 정리하는 일. 호텔

수건처럼 수건을 모양내 접어 두는 일. 아이들 장난감을 매일 소독하는 일. 쓸고 닦고를 반복하는 일. 물 한 방울 없이 깨끗하게 주방을 정리하는 일 등.

집안일이, 남편을 잘 챙기는 일이, 아이들을 아무 탈 없이 육아하는 일이 나의 성과였다. 집에서 가정을 돌보면서 아이들에게 충만한 사랑을 주고 그리하여 안정감을 느끼며 자랄 수 있게 하는 건 결코 사소한 일이 아니다. 가정에서 중요한 일을 하고 있음에도 우리 가족의 건강과 행복을 위한다는 뚜렷한 의미를 가지지 못했다. 내가 하는 일에 의미를 생각하지 않고 누군가 알아주기만을 바랄 때 인정해 주는 이가 없다면 무기력이 온다. 해야 할 이유와 의미를 모르기에 쉽게 지친다. 그때는 나의 결핍이 무엇인지 몰랐다. 결핍에 대한 인식 없이 해결도 없이 하루하루 살다가 어느 날 갑자기 암에 걸렸다. 누가 시키지도 않았는데 보이는 부분에만 인정받기 위해 발버둥 쳤다. 섬세한 사람이 내면에 집중하지 못하면 외부적인 모습이 나의 전부인 줄 알고 남에게 인정받기를 갈망한다. 자신 외에 모든 것에 집착할 필요가 없다는 걸 암을 겪고 시간이 흐르며 알게 되었다.

나를 가장 잘 알고 나를 인정해 줄 사람은 나뿐인데 남에게 헛된 기대를 하곤 했다. 자신의 가치를 남에게 맡기고 평가를 바랐다. 타인의 말은 그냥 지나가는 말일 뿐인데 칭찬 한마디에 기분이 좋아지고 비난 한마디에 감정이 상했다. 그러나 암을 겪으면서 달라졌다.

암은 치유와 회복을 위해 아픈 내 몸과 마음에 집중하는 법을 알려주었다. 남에게 인정받기 위한 내 마음이 얼마나 부질없는지 시간이 흐를수록 알 수 있었다. 나를 닦달하고 괴롭히던 인정에 대한 결핍을 내 마음에서 차츰차츰 몰아냈다. 대신 건강을 잃었던 경험을 바탕으로 삶에 대한 결핍이 자리 잡았다. 그 결핍으로 내 삶을 생각하며 돌아보는 시간을 가지게 되었다. 앞으로 삶을 어떻게 살아가는 게 진정한 나를 위하는 것인지도 생각할 수 있었다. 하고 싶은 일을 시작할 수 있는 용기도 생겼다. 자신에게 있는 결핍을 인식하고 해결하려는 노력은 스스로를 성장하는 길로 안내한다. 결핍을 잘 활용할수록 삶을 원하는 방향으로 결정할 수 있다.

내가 바라본 삶에 대한 결핍은 암은 선물이고 축복이라는 말로 받아야 하는 심리적 압박과는 거리가 멀었다. 암의 고통을 겪고 이겨냈으니 크게 깨달음을 얻어 더 열심히 살라고 달달 볶는 건 더더욱 아니었다. 어제 죽은 이의 아픔까지 들먹이며 지금도 질병에 고통받는 사람이 많은데 너는 행복하지 않느냐며 남의 불행에 내 행복을 슬그머니 껴 넣는 안도 역시 아니었다. 삶의 결핍을 갖게 한 암은 나에게 잠시 숨을 고르고 느슨하게 살아가며 삶의 방향을 전환하는 기회를 가져보길 바랐다.

힘든 시간을 겪으며 건강을 회복하는 기간 동안 내 몸이 수많은 줄로 연결되어 있다는 느낌을 받은 적이 있다. 수백만 개의 줄로 연결된 몸과 마음은 혹사하면 느슨했던 줄들이 팽팽해지기 시작한다. 팽팽해질 때로 팽팽해진 줄은 내가 앉아 휴식을 취하면 알아차리고 제일 팽팽하게 당겨진 줄을 먼저 하나씩 끊어버린다. 한 줄, 세 줄, 열 줄... 뚝뚝 끊어져 버린 줄들을 다시 이을 수는 없다. 더 이상 당길 수 없게 팽팽해진 줄은 끊어질 수밖에 없다. 끊어지는 줄의 개수가 늘어나다 어느 날 모든 줄이 끊어질 것이다. 줄이 전부 끊어져 한 줄도 남아 있지 않게 되면 움직일 수 없는 마리오네트 인형처럼 될지 모를 일이다.

계획하는 삶은 목표를 갖고 열심히 살게 하지만 계획대로 살아지지 않는 게 인생이다. 긴장으로만 채워져 노력하고 애써야 하는 삶은 불안을 일으킨다. 불안 속에서 삶의 줄은 팽팽해질 수밖에 없다. 내 삶의 줄들이 너무 팽팽해져 끊어지지 않도록 느슨함 속에서 나의 삶을 살아가야 한다. 스스로 너무 팽팽하게 당겨져 사는 삶은 자기 모습이 아닐지 모른다. 자신이 가진 결핍을 알고 기회로 삼는다면 분명 스스로 만드는 삶의 전환점을 맞이할 수 있을 것이다.

#

당신이 생각하는 삶의 전환점이 될 자신의 결핍은 무엇인가요?

------------------------------------------------

------------------------------------------------

:

# 5장

# 하고 싶은 게 많아
# 아직은 살아야겠어

:

$$\boxed{1}$$

# 삶을 바라보는
# 달라진 시선

"내가 세상에 태어난 이유는 나 아니면 할 수 없는 일 하나가 세상
에 있기 때문이다."
                                                    - 아이다 미츠오

검색을 통해 마주친 건강보조식품들은 면역력을 강조했
다. 병이 낫기 위해 꼭 먹어야 하는 식품처럼 나를 유혹했다.
살고 싶은 간절한 마음으로 지갑을 열었다. 암으로 인해 마
주친 정보들은 불안함을 부추겼다. 이럴 때 쓰라고 나온 보
험금이라며 합리화했다. 통증이 내 몸을 긁어내는 날이면 이
게 다 무슨 소용이냐며 건강보조식품들을 버렸다. 마음이 약
해져서 포기하고 싶었다. 모든 증상이 나를 죽이려 달려들
었다. 끈질기게 마음을 잡고 참아낸 항암으로 암세포 크기는
줄었고 수술을 받을 수 있었다. 수술하고 나면 돌아올 줄 알
았던 몸 상태는 나아지지 않았다. 독한 항암 약은 몸 구석구

석에 남아 체력을 갉아먹고 체질을 변화시켰다. 항암 치료로 인해 달라질 수밖에 없던 일상은 시간이 흐르면서 조금씩 자리 잡았지만 변한 내 몸은 돌아오지 않았다. 암이 내 인생을 지나가면서 많은 게 달라졌다.

수술 직후 2년 동안 3개월마다 가야 하는 병원 검진은 피로했다. 피를 뽑는 따끔한 주삿바늘은 익숙해졌지만, MRI 조영제, CT 조영제, 뼈 스캔 주사 매번 돌아가며 맞아야 하는 약물에 속이 울렁거렸다. 간호사는 내게 약물 배출을 돕기 위해 500밀리리터 이상 물을 마시라고 했다. 독한 약물이 한 방울이라도 남지 않고 내 몸에서 빨리 빠지도록 생수 2리터를 목으로 넘겼다. 약물에 대한 거부감은 CT 조영제 부작용을 만들었고 조영제 부작용 방지 주사를 추가시켰다. 몸에 약물이 하나 더 들어왔다. 어쩔 수 없었다. 부작용 방지약 주사를 맞지 않으면 기도에 이물감이 커져 호흡이 힘들었다. 처음 부작용 증상이 있고 난 뒤 응급실에 눕혀졌고 보호자를 불러야 했다. 암세포를 제거하면 다 끝난 줄 알았는데 내 삶이 이어지는 동안 암은 존재했던 기억을 계속 알리고 싶어 하는 듯했다.

1년 후에는 림프 부종이 왔다. 림프절 14개 제거 후 림프 순환이 되지 않아 언젠가 올 거라고 예상은 하고 있었다. 5년 동안 먹어야 하는 호르몬 약에 부종 방지약이 추가 됐다. 부종이 심해지지 않도록 부종 방지 타이즈를 착용하고 심할 때는 수십 겹의 붕대를 감았다. 몇 날 며칠 석고 붕대 두께의 붕대를 감고서 손가락만 내놓고 운전했다. 붕대를 한 채 아이들과 놀이공원에 가고 억지로 고무장갑을 늘려 끼고 집안일을 했다. 부종이 가라앉고 더 이상 붓지 않고 유지되면서는 하루도 빼지 않고 모비덤이라는 부기 방지 암슬리브를 착용한다. 덕분에 부종이 심해지지 않고 있다. 6년째 착용하고 있는 암슬리브는 부종 재발 방지를 위해 아마 내가 눈 감는 날까지 해야 할 듯하다. 염증이 생기면 위험해 부종이 있는 팔에는 채혈, 혈압계 사용, 벌레 물림에 주의해야 한다. 그래서 여름에도 긴 팔만 입고 모기 다리만 닿아도 미끄러지도록 벌레 기피제를 뿌린다.

폐경기 증상이 심해지면서 가슴이 답답했다. 심장이 쿵 하고 떨어지는 느낌을 받는 날도 있었다. 호흡이 가쁜 증상이 심해져 심전도 검사를 했는데 심장은 괜찮았고 고지혈증을 진단받았다. 약이 늘었다. 젊은 나이 폐경으로 골밀도가 낮았다. 골다공증 위험이 있어 6개월마다 주사를 맞아야 한다. 주사가 늘었다. 약이 늘었다.

CT, MRI, 뼈 스캔, 골밀도, 초음파, 부종 검사, 피검사, 고지혈증, 골다공증. 암을 없애기 위한 치료가 다른 증상들을 부르고 그로 인해 3개월, 6개월, 1년마다 받아야 하는 검사가 늘었다. 여러 증상이 늘고 주사가 늘고 약이 늘고 가야 할 병원이 늘었다.

수술을 마치면 건강했던 때로 돌아갈 수 있을 거라고 믿었지만, 이제는 헛된 기대라는 걸 안다. 암을 진단받고 세상 모든 것과 내가 아는 모든 사람은 그대로인데 나만 변했다는 사실에 억울했던 적이 있었다. 내 삶만 달라졌다는 사실이 견디기 힘들었다. 그러나 이제는 안다. 나뿐 아니라 다들 삶은 조금씩 변하고 있으며 변하는 삶을 받아들이고 각자의 자리에서 노력하며 산다는 걸 말이다. 자리를 지키기 위해 노력하는 삶이 얼마나 아름다운지도 알게 되었다. 내가 아는 모든 사람이 자신의 자리에서 최선을 다하며 살아가고 있기에 그대로 볼 수 있고, 그게 얼마나 감사한 일인지 알기에 참 고맙다. 나 역시 내 자리에서 나에게 온 암을 견디고 버티면서 사람들을 다시 만날 수 있게 되기까지 부단히 노력했다.

다시 얼굴을 볼 수 있을 때까지 각자에게 닥친 수많은 시련과 아픔을 견뎌냈을 거라고 생각하니 오랜만에 사람을 만나면 눈물이 났다. 늘어난 건 질병의 증상뿐만이 아니었다. 눈물이 늘었고 이해할 수 있는 아픔도 늘었다.

암이 내게 오기 전까지는 가볍게 다음 만남을 기약했다. 지금은 다음 만남을 기약하면서도 늘 마지막을 생각한다. 마지막을 생각해야 하는 만남은 슬프지만, 한편으론 만남에 최선을 다하게 한다. 상대에게 전하는 언어가 내 마지막 말이 될 수도 있다고 생각하면 최대한 고운 말로 진심을 전하게 된다. 마지막이라고 생각하는 만남은 애정이 담긴 언어로 마음을 표현할 수밖에 없다. 다음 만남을 향한 약속이 살다 보면 지켜지지 않을 수도 있다는 걸 알기에 상대를 충분히 눈에 담고 반가움을 표현하게 된다. 가끔 다시 볼 수 없을 거라고 생각했던 사람을 만나면 울음이 터진다. 상대의 안위를 걱정하면서 서로의 시간을 견뎠다는 감격의 눈물이라 생각한다. 상대 역시 유난히 나를 더 반가워한다면 다시 볼 수 없을지도 모른다고 생각했기 때문이 아닐까.

암으로 인해 질병이 늘어난 만큼 나는 사람에 대한 관심이 늘었다. 사랑의 눈으로 바라보게 되는 사람이 늘었고 고마움을 표현하는 말들이 늘었다. 소소한 행복을 찾는 방법이 늘었고 감사하며 누리는 것이 늘었다. 질병으로 인해 몸만 변한 건 아니었다. 변한 몸만큼 마음도 달라졌다.

#

암을 겪으며 몸은 힘들어졌지만, 그럼에도 불구하고 달라진 마음의 변화에는 어떤 것들이 있으신가요?

--------------------------------------------------

--------------------------------------------------

# 지금이 가장
# 아름답고 행복한 시간

"매일 매일 좋을 순 없어. 그런데 잘 찾아보면 매일 매일 좋은 일은
있어."
- 애니메이션 <곰돌이 푸>에서

'화양연화' 인생에서 가장 아름답고 행복한 시간. 누구나 화양연화 같은 삶을 원한다. 지금이 자기 인생에서 가장 행복한 순간이란 걸 증명이라도 하듯 앞다투어 쏟아내는 SNS에서 이런 피드를 본 적이 있다.

"나의 화양연화는 아직 오지 않았다."

문구를 본 나는 의문이 생겼다. 화양연화가 아직 오지 않았다면 기다리고 있다는 말인데, 그럼 사는 동안 한 번도 행복한 시간이 없었다는 것인가? 즐겁게 웃으며 보낸 날 들을

행복의 순간이 아닌, 그냥 스쳐 지나간 날로 넘겨 버린다면 무척 안타까운 마음이 든다. 순간순간 오는 행복에 만족하지 못하고 큰 기쁨을 기다린다면 삶은 고단하기만 하다. '그때가 내 화양연화였어.'라며 인생의 가장 아름답고 행복한 시간이 지난 것처럼 생각한다면 앞으로 살아가기에 허탈하다. 더 이상 그때보다 행복했던 순간은 오지 않을 것 같기에 기대하지 않고 살아가는 마음은 허무하기 짝이 없다.

어른들이 항상 하시던 말씀 '좋을 때다'의 좋을 때는 어떤 기준일까? 이제 막 세상의 빛을 보고 모유를 먹은 후 트림만 해도 사랑을 받는 갓 태어난 아기. '저렇게 아무 생각 없이 먹고 자는 아이일 때가 좋은 거지.'라고 말하지만, 아이의 입장은 들어볼 수 없기에 하는 말일지 모른다. 마음대로 움직일 수 없고 의사 표현은 울음뿐이니 얼마나 답답할지 아기 외에는 알 수 없다. 아이가 조금 성장하여 움직임이 자유롭고 말하기 시작하면 어른들은 말한다. '어릴 때가 좋은 거야. 유치원 재미있지?'라고. 시간 맞춰 등원해 친구들과 부딪치며 여러 이유로 마음의 상처도 입는 유치원생 나름의 고충을 우리는 헤아리지 못한다. 요즘 초등학생들은 '유치원 때가 좋았다.'라는 말을 한다. 어른들이 듣기에는 웃음이 지어지는 말이지만 놀이 위주였던 유치원에 비해 학습하는 과정으로 가니 아이들 입장에서 적응이 힘들 건 뻔하다. 게다가 전부 나를 위한 거라는 말에 학원도 부지런히 다닌다.

중학교로 가면 어떠한가. 우리나라 중2 학생들 덕분에 북한이 전쟁을 일으키지 못한다는 우스갯소리가 있을 정도로 격한 사춘기를 맞는다. 과다 호르몬 분비와 학업 스트레스, 작은 사회를 배우는 학교. 갈등이 생겨도 매일 친구들을 마주쳐야 하고 정해진 규칙들을 지키면서 주어진 과제를 해야 하는 생활은 고등학교까지 이어진다. 그러한 순간에도 어른들은 말한다. '그래도 그때가 좋은 거야. 부모 보호 아래서 아무 생각 없이 공부만 하면 되니 좋을 때지.'라고. 대학을 가면 청소년 때보다는 지켜야 하는 규율은 적어지지만, 자신의 삶을 책임지기 시작하면서 불확실한 미래를 준비해야 한다. 젊음이라 말하는 시기에 열정이 가득한 시간을 보낸다. 모두가 좋을 시기라고 말하는 젊음의 시간을 지나 본격적으로 사회에 뛰어들면 열심히 살아왔다는 걸 증명이라도 하듯 번아웃과 무기력이 찾아온다.

20대가 지나고 30대, 40대가 되면 대부분 결혼하고 아이를 낳은 후 육아를 시작한다. 아이를 돌보면서 앞만 보고 일하다 보면 머물러 있을 것만 같던 30대, 40대 시간은 빠르게 흐른다. 자녀를 독립시킨 중년들이 바라보는 30, 40대는 어떨까. 자식들의 재롱을 보며 삶의 의욕이 충만한 좋을 때일 것이다. 노년으로 접어드는 70대가 본다면 자녀를 막 출가시킨 50~60대도 자기 일을 시작하기 좋은 시기다. 한창 팔팔한 좋은 때라고 이야기한다. 불혹이 되고 보니 왜 인생이 60부터라고 했는지 이제야 조금은 알 것 같다. 어렸던 자녀들이 성장하고 부모의 품을 떠나 독립하여 걱정이 줄어드는 시기라 그런 듯하다. 80대도 70대가 꽤 좋은 때로 보이긴 마찬가지다. 돌아보면 짧은 영화 같고, 어찌 보면 꿈같은 삶이 하나하나 좋지 않은 때란 없다. 혹시 좋지 않은 때가 잠시 있었다고 해도 긴 시간 머무르지는 않는다. 고통도 행복도 지나기 마련이니까.

인생을 살다 힘든 순간이 오면 나의 화양연화는 지나간 것 같은 기분을 느낄 때가 있다. 내게는 암을 치료하는 시기가 그랬다. 암을 진단받고 이제 내게 고된 치료만 남았다고 생각했다. 행복의 순간들은 사라지고 불행만이 내 앞에 커다랗게 자리 잡은 것 같았다. 사람들은 암에 걸리고 나면 행복의 감정은 전혀 없이 매일 매일 슬픈 감정에만 빠져 살 거라고 오해한다. 나 역시 암으로 인해 행복했던 순간들은 사라지고 고통만 남는 건 아닐지 걱정이 앞섰다. 그러나 아픈 순간에도 삶은 여전히 이어졌고 기쁘고 행복한 순간들은 더 자주 내게 찾아왔다.

아픈 중에도 아이들과 놀이터에서 잠깐 보내는 시간, 남편과 영화 보고 짧게라도 데이트하는 시간, 맑은 공기와 바람을 느끼면서 산책하는 시간, 넷이 나란히 앉아 TV를 보던 시간. 아이들에게 사랑을 줄 수 있는 시간, 나에게 집중할 수 있는 시간, 내게 통증이 머문 시간 외에 모든 순간이 화양연화였다. 하루하루 눈이 부시게 행복하지 않은 날이 없었다. 혼자 있는 시간에 책을 보고 좋아하는 노래를 들었다. 외출하면 햇살을 받고 바람을 느꼈다. 자연을 바라보며 숨을 쉬고, 숨을 쉬면서 느낄 수 있는 순간 전부가 아름답고 행복한 시간이었다.

제주 집 근처 오름이나 바다를 산책하다 보면 많은 여행객들을 만난다. 여행 온 커플, 친구, 가족들의 얼굴에는 미소가 가득하다. 여행의 설렘을 안고 낯선 곳을 방문해 사랑하는 사람과 예쁜 경치를 보고 맛있는 음식을 함께 먹는다면 그보다 더한 행복이 있을까. 여행하며 함께 웃는 순간 전부가 그들의 화양연화라고 생각한다. 즐겁게 지내는 사람들을 보며 처음 보는 이들의 화양연화에 함께 있는 것 같은 기분이 들어서 나도 모르게 미소가 지어진다.

살아온 인생을 돌아보면 다 좋았을 시절이다. 지난 것은 전부 아름다워 보이지만 그 순간에는 알아차리기 어렵다. 하루하루가 찬란한 아름다움은 아니었겠지만 순간순간 빛나고 즐거웠던 날들이 있었다. 그런 날들이 있었기에 지금까지 살수 있었고, 앞으로도 살아갈 수 있다.

각자 생각하는 화양연화가 다르듯이 슬픔에 대한 관점 역시 다르다. 내 행복의 순간이 타인의 눈에는 빛나지 않을 수 있다. 나의 불행이 멀리서 봤을 땐 절망과 거리가 있기도 하다. 힘든 순간이 온다면 삶이 반짝반짝 빛나다 잠시 어둠에 가려져 있다고 믿고 싶다. 그렇다면 지나간 시간을 추억은 하겠지만 그리워할 일은 없을 것이다. 앞으로 환하게 빛날 무수한 날들이 기다리고 있다는 걸 아니까.

당신이 생각하는 화양연화. 지나갔나요? 기다리는 중이신가요?

-----------------------------------------------------------------

-----------------------------------------------------------------

$$( 3 )$$

# 기회로
# 얻은 기대

"우리 모두는 인생에서 만회할 기회라 할 수 있는 큰 변화를 경험한다."
- 해리슨 포드

차분하고 조용한 감성의 사람들은 겉으로 보이는 에너지보다 내면의 에너지가 강하다. 내면에 가득 차 있는 에너지를 자신이 생각하는 가치 있는 곳에 분출하고 표현할 곳이 있어야 의미 있는 삶이라 생각한다. 에너지를 비워내지 못해 다시 채울 수도 없는 현실에 살다 보면 고여 있는 물이라 할 수 있다.

40년 가까이 나의 내면은 잔잔했지만 가끔은 바람 부는 바다처럼 파도가 일렁였고 때로는 폭풍처럼 휘몰아쳤다. 왜인지 이유는 전혀 알지 못했다. 잘 웃었지만 잘 울었고 기뻤지만 슬펐고 행복했지만 불안했다. 흔히 말하는 마음에서 오는 우울함의 증세로 생각했고, 평범한 양육 과정을 거치지 못해서 오는 정서적 불안으로 인식했다. 내면의 불안, 우울, 답답함이 한 개인으로서 성장하지 못하는 데서 오는 공허함이라고는 생각하지 못했다.

자신의 재능이 무엇인지 알고 재능을 꽃피워야 성장하는 삶을 살 수 있다. 어린 시절 재능을 발견하는 방법은 몰랐고, 알아챌 환경에도 미치지 못했다. 적성을 찾는다는 게 나와 어울리지 않는다고 생각했고 생계를 위해 직장을 다녔다. 안정적인 가정이 그리워 빠르게 결혼했고 아이들과 함께하다 보니 시간은 흘렀다. 흐르는 시간 속에서 매일매일 해야 하는 집안일만이 내가 인정받을 수 있는 일이라고 생각했다.

한 번은 남편 친구들 모임에서 '재활용, 쓰레기 버리는 거 남편 왜 시켜? 내가 하면 되지.'라는 말을 한 적이 있었다. 그날 남편 친구들에게는 박수를, 친구 아내들에게는 따가운 눈총을 받았다. '내조를 잘한다. 맛있게 요리한다. 아이들을 잘 키운다. 깔끔하다. 정리를 잘한다. 아이들 있는 집이 정말 깨끗하다.'란 주변의 말에 뿌듯했다. 아이들을 잘 돌보는 게 나의 성과라 착각해 하나라도 더 배우게 하고 현명한 엄마, 부지런한 아내가 되기 위해서만 노력했다. 내가 원하는 삶을 알지 못했고 표출되지 못한 내면의 에너지도 눈치 채지 못했다. 그로 인해 온 공허함은 쇼핑을 잔뜩 하고 외모만을 꾸미며 남에게 보이는 모습을 중요시하는 삶으로 변했다.

삶을 주도적으로 사는 법을 배우지 못해서 오는 공허함은 늘 가슴 한쪽에 자리를 차지한다. 때에 맞는 생애주기를 보내며 각자가 주어진 일에 최선을 다하며 순리대로 살면 시간은 흐른다. 대부분의 사람이 흐르는 시간에 삶을 맡기고 살고 있는지 모른다. 직장을 다니고 육아를 하다 보면 남들과 비슷비슷한 환경과 조건에서 살기 위해 애쓴다. 빠듯한 삶에 자신의 내면까지 챙기기란 어려운 일이다. 성인이 되어 사는 삶은 고되고, 힘에 부치기에 자신을 돌아볼 시간이 부족하다. 누구나 그렇다.


암이라는 아픔을 겪기 전까지 내가 진정으로 원하는 삶이 무엇인지 삶의 목표를 찾지 못했다. 막연히 우리 가족의 건강과 행복만을 바라며 살았는데 암은 내 삶과 나에 대해 깊이 생각해 보는 계기를 주었다. 물론 집안일하면서 가정을 돌보고 가족과 함께하는 삶이 무가치하다고 생각한 건 아니었다. 가족이 있어 아픔을 견뎠고 사랑하는 사람들을 바라보며 삶이 소중하다는 걸 알았기에 버틸 수 있었다.

암을 겪은 사람들이 건강한 마음가짐을 갖게 되고, 생활, 식습관 등 긍정적인 변화로 암을 자신에게 온 선물 또는 축복이라고 표현하는 걸 봤다. 그러나 암에 대한 고통이 선명하여 나는 선물이라고는 말하지 못하겠다. 그보다는 기회라고 말하고 싶다. 나의 건강을 챙길 기회, 사랑하는 사람들에게 감사를 더욱 표현할 기회, 나를 정말 소중하게 대해주는 사람을 알아볼 기회, 지금까지 나의 삶을 돌아볼 기회, 내가 진정 원하는 것이 무엇인지 찾을 기회, 나의 재능을 꽃피워 볼 기회, 진정 삶의 의미를 생각해 볼 기회. 그렇게 찾은 모든 기회를 놓치지 않고 내 삶에 적용할 기회. 다시 못 올지도 모른다고 생각했던 이러한 기회들을 통해 우리의 삶이 흐르는 삶이 아닌 기대하는 삶으로 변화할 수 있다고 믿는다.

가창력 좋은 가수 노사연의 노래 〈돌고 돌아가는 길〉에는 이런 가사가 있다.

"강 건너 건너 흘러 흘러 그 물에 적시려니 그 물은 어드메뇨 내 몸만 흘러 흘러. 발만 돌아 발밑에는 동그라미 수북하고 몸 흘러도 이내 몸은 그 안에서 흘렀네. (중략) 흘러 흘러 세월 가듯 내 푸름도 한때인 걸 돌더라도 가야겠네. 내 꿈 찾아가야겠네."

뻥 뚫린 공허한 동그라미를 안고 사는 삶이 아니면 좋겠다. 일상에서 같은 자리만 맴돌아 수북한 동그라미 속에 나의 재능을 채우고, 가치를 채우고, 살아가는 의미를 채우다 보면 내면이 가득 찬 삶을 살게 되지 않을까. 수많은 동그라미 속을 하나하나 채우다 보면 다시 찾은 기회 속에서 내 꿈 찾아갈 수 있는 날이 올 거라 기대한다.

---

**#**

암을 극복한 당신이 기대하는 삶은 어떤 삶인가요?

-----------------------------------------------------------

-----------------------------------------------------------

---

# 모두에게
# 공평한 한 가지

"너는 존재한다 - 그러므로 사라질 것이다.

너는 사라진다 - 그러므로 아름답다."

- 비스와봐 쉼보르스카, 「두 번은 없다」에서

어떻게 보면 태어난 게 기적이 아니라 살아가고 있는 게 기적일지 모른다. 살아가면서 마주칠 수 있는 수많은 사건과 사고를 피하고 몸에 생길 수 있는 수백 가지 질병들을 이겨가면서 살고 있으니 말이다. 가정환경, 생활 습관, 성품, 가치관, 인격, 자산 등 모두 다를 수 있지만 다름없는 한 가지는 사람이라면 전부 죽음을 맞이한다는 것이다. 살다 보면 사랑하는 사람들을 떠나보내고 남겨진다. 남겨진 사람들도 죽음을 맞이하며 다시 남겨진 사람들을 만든다.

알지 못하는 미지의 세계는 두려움을 안겨준다. 죽음 뒤에 다른 세상이 있든 없든 더 이상 가족들 곁에 함께 할 수 없다는 생각은 떠나는 사람을 더욱 힘들게 한다. 나로 인해 슬퍼할 가족들을 떠올리며 죽음에서 벗어나길 간절히 바란다. 사랑하는 사람들을 남기고 떠난다는 사실은 두려울 수밖에 없다. 죽음을 맞이하기 위해 거쳐야 하는 절차도 두려운 이유 중 하나는 아닐까? 삶은 혼자서는 정리할 수 없으며 누군가의 도움이 필요하다. 질병으로 인한 죽음은 특히 그렇다. 죽음을 맞닥뜨리면서 보살핌을 받아야 하는 상황은 당사자로 하여금 마음을 더욱 불편하게 한다. 아기의 탄생에 누군가의 도움이 필요하듯 죽음의 과정도 다른 사람의 손길이 필요한 게 당연하다. 자연으로 돌아가는 죽음의 길은 혼자지만 죽음으로 가는 과정은 결코 혼자 할 수 없다.

30대 중반에 받은 암 진단은 투병 기간 통증이 있을 때마다 죽음을 떠올리게 했다. 갑자기 얻은 큰 병과 예상하지 못한 대형 사고는 삶과 죽음에 대해 생각하는 기회를 얻게 한다. 나 역시 젊은 나이에 진단받은 암으로 죽음에 대해 생각할 수 있는 시간을 갖게 되었다.

철학자 쇼펜하우어는 '산다는 것은 괴로운 것이다.'라고 말했다. 욕망을 이루기 위해 무언가에 집착하며 사는 삶이 때로는 시시포스의 형벌과 같다고 생각했다. 태어나면서부터 가져야 할 책임과 의무에 묶인 사람들은 죽음이 오기까지 계속해서 살기 위해 일한다. 삶과 죽음은 연결되어 있고 사람은 죽음이 있다는 사실을 알면서도 열심히 산다. 최선을 다해 살수 있는 이유는 삶이 죽음으로 마무리된다는 걸 알고 있기에 가능한 건 아닐까. 하루를 살면 죽음은 하루 앞으로 다가온다. 그렇다면 사람은 살아가고 있는 걸까. 죽어가고 있는 걸까. 분명한 건 죽음이 있기에 불행과 고통은 언젠가 끝이 있고, 죽음이 있기에 행복이 소중하다는 사실이다. 죽음이 언제든, 어디서든, 어떻게든 모든 이에게 올 수 있다는 사실을 외면하지 않는다면 죽음을 두려워하지 않을 수 있다. 그리고 삶에 더 적극적으로 다가가는 인생을 살게 될 것이다.

적극적인 삶이 끝나고 나면 죽음으로 몸은 사라지지만 나를 아는 모든 이들의 기억 속에 내가 있다. 내가 좋아하던 음식을 보면 나를 떠올리고 함께 한 장소에선 나를 추억할 것이다. 처음에는 추억들이 슬픔으로 밀려오겠지만 시간이 흐를수록 함께한 기억을 떠올릴 수 있다는 것에 감사함을 느끼게 된다. 함께 한 시간은 회상할수록 기억에 남아 세월이 지날수록 더욱 진해진다. 진해지고 진해진 추억은 잔상이 되어 더 이상 떠올리지 않아도 그대로 마음속에 새겨진다. 그렇게 내 삶은 나를 기억하는 사람들 속에서 이어진다. 죽음은 돌고 돌아 삶의 다른 형태로 흔적을 남긴다.

---

**#**

죽음 뒤에 모습은 사라지겠지만 당신이 남기고 싶은 흔적은 무엇인가요?

---

---

# 원하는 삶에
# 한 걸음씩

"초인이란 필요한 일을 견디어 나아갈 뿐 아니라 그 고난을 사랑하는 사람이다."
- 프리드리히 니체

암세포를 없애기 위해 시행한 항암 치료는 고통으로 내 일상을 변화시키려 했지만 나는 꿋꿋이 하루하루를 이어갔다. 체력이 떨어졌고 부기가 심해 보이는 모습은 변했지만, 평소 생활 습관, 환경은 크게 바뀌지 않았다. 여전히 좋아하는 운동을 했고 아파트 20층을 계단으로 다니며 더 많이 움직이려 애썼다. 맛있고 건강한 음식을 먹으며 가족들과 시간을 보냈다. 3주마다 항암 주사를 맞기 위해 병원에 가는 게 내 일정에 추가 되었을 뿐이라고 생각했다. 앉아서 사부작거리며 만들기를 좋아했기에 투병 기간에도 취미로 하던 미니어처 제작을 손에서 놓지 않았다. 집안일에서 벗어나 미니어처 수업을 듣고 자격증 취득을 위해 작품을 만들었다.

미니어처는 높은 집중력이 필요하기에 몇 시간씩 작업하다 보면 피로가 몰려왔다. 항암 차수가 늘어갈수록 내 몸이 힘들게 버티고 있다는 걸 느꼈다. 몸은 힘들었지만, 견딜 수 있는 만큼, 즐거울 만큼만 틈틈이 작업했다. 항암 주사를 맞으며 체력이 떨어졌다는 걸 알았기에 욕심내지 않았다. 몸 상태를 고려하며 좋아하는 일을 즐겁게 할 수 있다는 것만으로 그 순간에는 행복이었다.

힘겨운 투병 기간을 마치고 몸을 회복하면서 본격적으로 미니어처 제작을 시작했다. 미니어처 작가라는 새로운 환경은 주부로만 살던 내게 활력을 주었다. 취미로만 머물고 싶지 않아 꾸준한 노력을 통해 브랜드를 만들었다. 내 작품으로 이익을 얻을 만큼 성장했다. 힘든 투병 기간을 보내면서 시작한 일로 오랜 경력 단절을 끝낼 수 있었고 새로운 도전도 할 수 있었다. 혼자 첫출발을 하는 막막한 사람들에게 도움이 될 수 있겠다는 생각에 공동 저서 제작에 참여했다. 그렇게 공동 저자가 되어 출간한 『1인 기업, 두 번째 커리어』를 통해 독자들의 따뜻한 메시지를 받을 수 있었다.

"저도 작가님과 같은 생각을 하며 살아가고 있어 책을 보고 도움이 되었어요."

"작가님의 책을 읽으며 저와 비슷한 부분이 많아 공감했어요."

"아픔을 이겨내고 자아실현을 위해 책까지 쓴 작가님을 보며 강한 동기부여를 받았어요."

독자들의 메시지는 마음을 담아 쓴 글이 누군가에게 공감과 위로를 줄 수 있다는 사실을 일깨워줬다. 글 쓰는 데 흥미를 느낀 후 내가 암을 진단받고 느낀 감정과 경험에 대해 다른 사람들과 대화하고 싶었다. 투병 기간에 겪을 수밖에 없는 통증과 불안한 생각, 주변에서 받았던 상처, 재발에 대한 걱정, 암에 대한 두려움. 여러 상황과 복잡한 감정은 나만 겪는 게 아니라는 걸 알고 있기 때문이었다. 항상 재발의 두려움에서 벗어날 수 없는 암 유경험자로 책을 쓰는 순간에도 불안은 가득했다. 암을 진단받고 재발 없이 6년이 지난 시점이라 휩싸였던 불안의 크기는 작아졌다. 그렇지만 언제든 아팠던 시간으로 다시 돌아갈 수 있다는 걸 나는 알고 있다. 조마조마한 마음이 올라오지 못하도록 붙잡아 누르면서도 불안한 내 마음을 온전히 표현할 곳도 상대도 없어 공허했다.

암의 고통에 괴로웠고 혹은 지금 힘든 시간을 보내고 있으면서도 말할 곳이 없어 외로울 수밖에 없는 마음을 나누고 싶어 책을 쓰기 시작했다.

암을 진단받고 고단한 하루하루를 보내고 있다면 평온한 일상을 기다리고 있을 것이다. 암을 겪으면서 안녕한 일상의 소중함을 알았고 절실했다. 그러한 시간을 보냈기에 암을 완치했다는 말 자체가 얼마나 큰 희망을 주는지도 잘 알고 있다. 책을 쓰는 동안에도 걱정이 앞섰다. 완치의 희망을 주고 싶다는 마음과 다르게 '집필 기간 중 재발하지는 않을까?' 하는 생각이 나를 붙잡고 있었기 때문이다. 암이 재발 된다면 내가 책을 쓰는 이유가 무의미한 게 아닌가 생각하기도 했다. 그러나 내가 겪었던 고통의 상황들을 글로 쓰며 극에 달했던 괴로운 감정이 안정되었고 그로 인해 생각이 바뀌었다. 재발한다 해도 이어지는 일상은 다른 이에게 삶을 끌고 갈 힘을 줄 수 있겠다는 생각이 들었다. 누군가에게 다가갈 힘을 생각하며 꾸준히 글을 쓸 수 있었다. 아픔의 과정을 겪은 사람이 자신과 비슷한 상황이었다는 걸 알고 나면 혼자가 아니라는 동질감을 느낀다. 외로운 마음도 어루만져 준다. 책을 준비하며 암을 겪은 다른 작가들의 책을 읽으면서 공감하고 위로받을 수 있었다. 내가 받았던 위로처럼 누군가 나의 글을 읽는 동안만이라도 혼자만의 외로운 시간이 아니길 바랐다. 불편한 감정들을 공유하고 상처가 치유되는 시간이 되길 바라는 마음이 컸다.

질병으로 인해 큰 아픔의 시간을 보내고 극복한 사람은 내면에 강인한 힘이 있다. 몸으로는 병의 통증을 이겨내면서 질병으로 인해 오는 묵직한 마음의 고통도 함께 걷어내는 데서 오는 힘이다. 이 강인한 마음은 아무나 가질 수 없다. 내면의 성장을 한 사람만이 가질 수 있다. 내면의 성장을 발판 삼아 자신이 진정 원하는 삶을 찾는다면 고통으로 인해 얻은 강인함은 그 삶을 유지하는 힘을 준다. 그리하여 지금까지의 삶보다 더 빛나는 삶으로 안내할 수 있다.

수술 1년 후 림프 부종이 왔다. 움직이지 않고 고정적으로 작은 걸 만드는 미니어처 제작은 림프 부종에 치명적이다. 키보드를 오래 치는 글쓰기도 역시 그렇다. 하지만 나는 여전히 매일 미니어처를 만들고 글을 쓰기 위해 키보드를 친다. 언제 증상이 더 심해질지 모르기에 컨디션 조절로 몸을 아끼면서 동시에 더 열심히 하게 된다. 주로 제작하는 작품은 돌아가신 분들을 기억하며 납골당에 놓아드리는 추모 미니어처다. 암으로 인해 죽음에 대해 깊이 생각해 본 사람으로서 추모 미니어처를 제작하다 보면 죽음은 늘 우리의 곁에 있다는 사실을 잊지 않게 된다. 세심하게 정성을 들여 제작하는 이유도 돌아가신 분을 생각하며 주문하는 가족의 마음을 아는 까닭이다. 부종이 심해지면 언제든 미니어처 제작하는 일을 못 하게 될 수도 있으니 늘 마지막 작품이라고 생각하고 정성을 다해 제작한다. 언젠가 갑자기 제작이 힘들 수 있다는 걸 알기에 내가 할 수 있는 최선을 다한다. 정성을 다하고 싶은 마음이 내 손에 깃들면 주문한 분들에게 마음이 전해지고 내 작품에 위로를 받았다는 후기로 나 역시 마음이 따뜻해진다.

내 일을 사랑하면서 미니어처 제작을 오래오래 하고 싶은 마음을 몸도 알고 있는 것 같다. 부종이 온 지 5년이 넘어가고 있지만 증상이 심해지지 않고 처음 약간의 부종이 온 상태 그대로 유지되고 있다. 부종은 다행히 심해지지 않고 있지만 난소 제거로 온 폐경 증상은 여전히 날 괴롭히고 있다. 호르몬으로 인한 무기력, 그에 따른 무력감. 체력의 변화로 인한 한계는 나를 더 아래로 끌어당겨 아무것도 할 수 없게 만들 때도 있다. 그러나 자신이 좋아하는 일에 집중할 수 있는 시간은 힘든 상황을 잠시나마 잊게 한다. 고달픈 시간을 버틸 수 있는 기운을 불어넣는다. 마음에 이 기운을 가득 채우면 고단한 날들을 지나고 있다고 해도 자신이 원하는 삶을 놓치지 않을 수 있다.

질병을 얻어 아프든 건강하든 자신이 이루고 싶은 목표를 위해 살아가는 건 모두 똑같다. 아프기 전에 자신의 목표가 좋은 집, 비싼 차, 경제적 자유였다면 질병이 생긴 후에는 건강한 삶을 사는 것으로 목표가 바뀌었을 수 있다. 변경된 목표에 맞춰 살아가는 게 삶이다. 그렇기 때문에 아픔을 겪었다고 좌절해 있기보다 목표를 변경해 도전하는 자세를 가지는 게 중요하다고 생각한다. 내가 힘든 시간을 보내지 않았다면 주어진 환경에 만족하고 살았을지 모른다. 아픈 몸을 잠시라도 잊기 위해 취미로 했던 미니어처는 나의 일이 되었다. 아팠던 경험이 나의 이야기를 하게 하고 글 쓰는 사람이라는 새로운 도전을 하게 했다.

헬렌 켈러는 말했다. '하나의 문이 닫힐 때 또 다른 문이 열린다. 그러나 때때로 우리는 그 닫힌 문을 보면서 너무 오래 기다리며, 또 다른 문이 열려 있다는 것을 결코 깨닫지 못한다.' 암으로 인해 건강을 잃었었기에 삶의 문이 닫혔다고 생각할 수 있다. 건강을 잃었을 때의 간절한 마음을 잊지 않고 또 다른 문을 열어보면 어떨까. 새로운 기회가 오기를 기대하면서.

#

유방암 극복 후 당신이 열고 싶은 새로운 기회의 문은 무엇인가요?

-------------------------------------------------------------

-------------------------------------------------------------

$$6$$

# 살아가며 만나야 할
# 인연에 대해

> "말은 사람의 입에서 태어났다가 사람의 귀에서 죽는다. 하지만
> 어떤 말들은 죽지 않고 사람의 마음속으로 들어가 살아남는다."
> - 박준, 『운다고 달라질 일은 아무것도 없겠지만』에서

살다 보면 수많은 사람을 만난다. 스치듯 지나가는 인연이 있고 내 삶에 머물러 함께 시간을 보내는 인연도 있다. 어떠한 사람들과 인연을 맺느냐에 따라 인생의 깊이가 달라진다.

평범한 주부에서 공예가로 일을 하며 공동으로 쓴 책을 통해 새로운 꿈이 생겼다. 작품 제작부터 판매까지 공예를 시작하는 사람들에게 도움이 되길 바라는 마음으로 쓴 글은 생각을 정리하고 나를 알 수 있는 계기가 되었다. 젊은 나이에 겪은 암에 대해 책을 쓰고 싶다는 용기도 얻을 수 있었다. 책을 쓴다면 나와 같은 질병으로 아픔을 겪은 사람들과 대화하

는 날이 올 수도 있다고 생각했다. 기회가 온다면 마음으로 소통하고 싶어 스피치 수업을 신청하게 되었다.

남들 앞에서 떨지 않고 말하고 싶은 사람들이 모인 자리였다. 매회 만날수록 어렵지 않게 이야기를 이어갔다. 스스럼없이 편하게 만나 대화를 나누던 사이인데, 앞에 나가 낭독을 하거나 발표하면 떨림을 참기 힘들었다. 사람들 앞에 설수록 주눅이 들었다. 나는 목소리의 떨림과 함께 수강생들 앞에서 눈물까지 보였다.

인생을 살며 마음의 짐 없이, 사연 하나 없이 사는 사람은 드물다. 대부분의 사람은 자신의 인생을 책으로 쓰면 여러 권 나올 분량의 사연들을 가지고 살아간다. 발표할 때마다 흐르던 눈물이 내 사연과 관련 있다고 생각하지는 않았다. 평범한 가정에서 자라지 못한 환경이, 젊은 나이에 암을 받아들이며 얻었던 고통이 마음의 병으로 쌓이고 쌓여 흐른 눈물은 절대 아니었다. 모든 일에 의미를 두며 깊은 생각을 하고 싶지는 않았다. 지나고 생각해 보니 발표할 때마다 흐르던 눈물에는 두 가지 이유가 있었다. 첫 번째 이유는 몹시 잘하고 싶은데 뜻대로 되지 않아 속상한 마음에 흐른 눈물이었다. 다른 한 가지는 수업을 함께 받는 수강생들의 눈빛에 있었다.

스피치 수업 첫날에는 모두 서먹서먹했다. 다른 사람들 앞에서 내 뜻을 잘 표현하고 싶다는 공통점만 가졌을 뿐 서로에 대해 아무것도 알지 못했다. 시간이 지날수록 개인적인 이야기를 나누고 간식도 나눠 먹으며 서로를 알아가게 되었다. 처음 발표할 때는 떨리긴 했어도 눈물은 나오지 않았다. 수업이 거듭될수록 발표할 때 느껴지는 수강생들의 눈빛에 눈물이 터졌다. 항상 떨며 매끄럽게 발표하지 못하는 나를 타박하는 사람은 없었다. '잘할 수 있다. 떨지 마라. 울지 마라.' 수강생 한 사람 한 사람 눈빛에서 따뜻한 응원의 마음이 전해져 뭉클했다.

누군가에는 아주 쉬운 일이 다른 이에게는 어려운 일이 될 때도 있다. 부족한 부분을 다른 사람에게 온전히 수용 받고 있다는 느낌은 불안을 버틸 힘을 갖게 한다. 다른 사람들 앞에서 떨지 않고 말하고 싶은 내 마음을 스피치 수업을 함께 듣는 수강생들은 알 수 있었을 것이다. 정말 잘하고 싶은데 마음처럼 안 된다는 사실도 알고 있었으리라 생각한다. '얼마나 떨리면 저렇게 울까.' 생각하며 한마음으로 응원해 주는 그들의 마음이 온전히 내게 전해져 나는 거듭 울었다.

살다 보면 가슴에 담을 수밖에 없는 사연이 있다. 들키고 싶지 않은 못난 모습도 있다. 나를 걱정하며 말을 걸어주거나 웃어주는 사람이 하나도 없을 때도 어딘가에 털어놓고 위로받고 싶을 때가 있다. 깊숙이 묻어두었던 상처로 인해 절망적인 감정이 올라오며 불안이 뜬금없이 싹트기도 한다. 상황이 어떠하든 자신을 있는 그대로 받아주고 지지해 주는 사람을 만나면 나를 믿는 힘을 얻게 된다. 그 힘은 어려운 상황에서 오는 불안과 두려움에 당연히 그럴 수 있다고 보듬어 줄 수 있는 마음을 가지게 한다. 나를 표현했을 때 온전히 수용 받는 경험이 많아질수록 자신을 견디는 그릇이 커진다. 나의 여러 모습을 수용 받는 경험을 통해 나 역시 타인을 포용할 여유가 생긴다. 타인의 아픔과 불안을 이해할 수 있는 마음은 상대를 있는 그대로 안아주고 응원하는 큰 그릇의 사람이 된다.

따뜻한 눈빛을 무한히 받은 어느 날 스피치 수업 시간. 내 떨림이 수용 받고 있다는 감정에 푹 빠져 눈물은 멈추지 않았다. 수강생들 앞에서 끝내 발표하지 못했다. 스피치 강사는 괜찮다며 수강생들 얼굴을 보지 않고 뒤에서 발표하는 건 어떠냐고 물었다. 떨리는 내 마음을 알고 이해해 준 강사와 기다려 준 수강생들 덕분에 발표를 포기하지 않고 마칠 수 있었다. 수강생들 앞에서가 아닌 뒤에서 발표를 마무리했지만, 끝까지 해낸 것으로 자신감을 얻었다.

내가 암이라는 사실을 받아들이는 건 결코 쉬운 일이 아니었다. 어느 날 갑자기 암 환자가 되는 기분이 유쾌할 수는 없다. 그동안의 일상에서 벗어나는 순간이 있음을 받아들이고 항암의 통증을 버텨야 했다. 암이라는 이름에서 오는 무시무시한 압박을 이겨야 하는 건 덤이었다. 힘든 시간을 보내면서 아픔을 공유하고 공감해 줄 수 있는 사람을 만나는 건 어려운 일이다. 온전히 내 아픔과 아픔에 대한 슬픔을 수용해 주는 사람은 나의 이야기를 묵묵히 들어주고 불필요한 참견을 하지 않는다. 평균적으로 들리는 암에 대한 이야기에 빗대어 정보를 주려 하지도 않는다. 다른 사람의 암 투병 과정을 나의 상황과 비교하며 문제 있는 사람으로 만드는 일도 없다.

타인의 슬픔의 무게를 눈치 채는 사람은 불필요한 말로 아픔을 가볍게 여기지 않고 상대를 그대로 보고 안아준다. 그런 사람에게는 아픔을 유쾌하게 견디는 척 씩씩한 태도를 보일 필요가 없다. 필요 이상으로 아픔을 이기는 척하지 않아

도 된다. 내가 지금 이겨낼 아픔보다 더 무거운 것은 어디에
도 없다. 내가 어떠한 상황이든 수용해 주고 보듬어 줄 수 있
는 사람이 많을수록 아픔을 슬픔으로만 여기지 않고 힘든 시
간을 순조롭게 보낼 수 있다.

　제주로 이사 후 지인들이 제주에 오면 집에 들르곤 한다.
어느 지인은 간섭과 참견만 담은 무례한 말들로 기분을 상하
게 한다. 다른 지인은 아이들과 즐겁게 사는 모습이 예쁘다
며 등을 토닥여준다. 만나는 지인들에게 보여주는 내 삶의
모습은 똑같다. 그런데 누군가에게는 잔소리만 늘어놓고 싶
은 부족한 모습만 보인다. 다른 누군가에게는 주어진 상황에
최선을 다해 예쁘게 사는 모습으로 눈에 담긴다.

　삶이 계속 이어지는 동안 아픔과 좌절의 시기는 자주 혹
은 때때로 올 수밖에 없다. 내 상처와 슬픔을 온전히 이해받
기를 원하는 순간 역시 누구에게나 있다. 그럴 때 필요한 건
아픔을 들춰내는 불편한 목격자가 아니다. 온전히 나를 수용
하고 아픔을 보듬어 줄 수 있는 다정한 이타주의자가 필요할
뿐이다.

충분히 나를 수용해 주는 다정한 사람, 지금 생각나는 사람이 있으신가요?

-------------------------------------------------------------------

-------------------------------------------------------------------

# 엄마에게서 태어나
# 엄마로 죽는다는 것

"무언가에 상처를 받았을 때 누구에게도 갈 수 없었다는 것은 한 번도 사람을 통해 상처를 치유받은 경험이 없다는 뜻이다."

- 전안나, 『태어나서 죄송합니다』에서

마음이 괴로운 날 속 시원히 털어놓을 누군가 있다는 건 큰 행운이다.

코로나 이후 온라인 교육과 모임이 보편화되었다. 나도 온라인 강의를 수강하고 모임을 가졌다. 그중 한 달에 두 번 하는 온라인 말하기 소모임은 함께 하는 사람들이 좋아 각별히 애정이 갔다. 모임은 한 달에 두 번이 전부였지만 메시지로 매일 소통했는데 3분 말하기 녹음이 우리의 주된 이야기였다. 매일 한 주제를 정해 5명이 3분씩 녹음해 채팅방에 올렸다. 내 목소리를 녹음해 들을 수 있어 새로웠고 같은 주제로 각자 다른 생각을 나눈다는 게 신선했다.

어느 날 올라온 주제는 '엄마 자랑'이었다. 나는 아주 어린 시절부터 엄마 없이 자랐기에 기억에 남는 자랑거리가 없었다. 아이들에게 내 자랑을 시켜 볼까 했지만, 다른 사람들은 자신의 엄마를 자랑할 텐데 혼자 내 자랑을 한다는 게 우스워 그만두었다. 결국 그날 3분 말하기 녹음을 하지 못하고 넘어갔다. 다음 날 주제는 '엄마에게 보내는 영상 편지'였다. 전날처럼 녹음하지 못했다. 일이 바빴다며 녹음하지 못한 이유를 둘러댔다. 나와 같이 녹음을 올리지 못했던 한 회원이 엄마와 사이가 좋지 않다는 말을 어렵게 꺼냈다. 엄마와 해결되지 않은 문제로 인해 현재는 연락하지 않고 있다는 말을 덧붙였다. 모두 저마다 위로의 말을 건넸다. 나도 그제야 어린 시절부터 떨어져 지낸 이유로 엄마에 대한 기억이 없다고 말했다.

말하기 소모임 회원들과 대화하며 두 가지를 알게 되었다. 한 가지는 자신에게 일반적인 것이 누군가에게는 아닐 수 있다는 사실이다. '엄마'라는 주제를 정한 회원들은 나머지 회원들도 엄마가 곁에 있으며 사이가 원만할 거라 추측했을 것이다. 그러나 엄마가 일찍 돌아가시거나 개인 사정으로 곁에 함께 있지 않은 경우도 많다. 또한 모든 자식이 엄마와 사이가 꼭 좋은 것도 아니다. 누군가는 엄마라는 말만 들어도 고마움과 그리움에 애틋한 마음을 느낄 수 있다. 다른 누군가는 학대나 방임으로 엄마라는 이름 자체에 슬픔과 분노의 감정이 올라올 수도 있다. 각자의 경험에 따라 같은 단어도 다른 느낌으로 다가온다. 자신만의 경험은 각자 다른 관점을 만든다.

알게 된 다른 한 가지는 누구나 자신의 힘든 마음을 말할 상대가 필요하다는 것이다. 사람을 만나다 보면 자신의 이야기를 별로 하지 않는 사람을 만나게 된다. 타인의 말에 호응은 잘하지만, 굳이 자신의 이야기를 꺼내지 않는다. 상처가 남은 일에 대해서는 꺼낼 필요성을 못 느낀다. 상대가 들어줄 사람이 아니라는 걸 알고 있을 때는 더욱 그렇다.

대인관계를 하다 보면 어느 정도 사람에 대한 파악이 가능하다. 내 이야기를 해도 듣지 않을 사람이라는 걸 느낌으로 알 수 있다. 그런 사람들에게 굳이 자신의 이야기를 하며 에너지를 쓸 필요는 없다. 속 깊은 대화로 이어질 수 없기에 말을 참는 것이 좋다. 하지만 내 이야기를 들어줄 사람이라 느 낀다면 생각이 달라진다. 자신의 어려웠던 이야기를 털어놓 게 되고 이해받고 싶은 마음이 강하게 든다. 엄마와 사이가 불편하다고 말한 회원과 나는 알고 있었을 것이다. 다른 회 원들이 우리의 이야기를 들어줄 사람이라는 걸. 위로와 공 감으로 이해받을 수 있다는 생각이 든다면 자신에 대해 말할 수 있다. 누군가 슬픔을 말하면 나의 마음도 털어놓고 만다. 이런 깊은 대화를 통해 사이는 돈독해진다.

결혼하고 엄마가 되어 아이를 보육하다 보면 예상하지 못 한 수많은 일을 겪는다. 아이가 새벽에 갑자기 아프다거나 친구 관계가 어렵다거나. 어쩌다 겪는 일 외에도 식사 습관, 예절, 교육 등 하나부터 열까지 매일매일 엄마의 손이 가지 않는 곳이 없다. 부모는 아이를 기르면서 인내를 배우고 배 려를 가르치며 함께 성장한다. 동시에 자신을 똑 닮았지만, 통제할 수 없는 아이의 미래를 책임져야 할 운명까지 지게 된다. 옛 선조들이 나이가 어려도 가정을 꾸리고 아이를 낳 은 부모를 어른으로 대우했던 것은 이 같은 이유에서가 아닐 까. 요즘은 예전과 달리 일하는 엄마가 많음에도 세계 어느 곳이든 아이의 보육은 대체로 엄마의 몫이다. 그만큼 아이에게 엄마의 비중은 클 수밖에 없다. 어떤 아이든 엄마가 자신의 우주고 세상 전부다. 일하는 엄마는 아이에게 온전히 집중할 수 없어 미안한 마음을 가지고 죄책감을 느낀다. 전업주부는 집에서 아이만 돌보는 편안한 생활로 오해를 받으면서, 직업적 성과나 자기 효능감을 가질 수 없기에 무력감을 느끼기도 한다.

대부분의 엄마는 자신의 생활을 모두 아이와 가족에게 맞춰 살아간다. 단순히 먹고 입히는 기본적인 생활에서 더 나아가, 아이의 바른 습관을 잡아주기 위해 노력한다. 그리고 아이 스스로 자신의 기분을 알고 감정을 다스릴 수 있도록 도움을 준다. 타인과 소통하는 중요한 경험도 하게 한다. 아이들이 커가면서 사춘기를 겪고 친구 관계로 힘들어할 때 옆에서 도움이 되는 존재는 부모가 되어야 한다. 그래서 늘 아이에게 신경 써야 하는 엄마의 역할이 크다. 예의와 배려를 알고 타인을 존중하는 반듯한 어른으로 성장한다 해도 세상 살기는 쉽지 않다. 살아갈 힘을 얻기 위해서는 마음이 괴롭고 힘들 때 속 시원히 털어놓아야 할 사람이 필요하다. 건강한 음식 깨끗한 환경도 중요하지만, 그보다 더욱 중요한 것은 아이의 정서적 안정이다.

아이들에게 정서적 안정이 무엇보다 중요하다는 걸 알고 있어 투병 기간에 아이들을 돌보는 일이 더욱 힘에 부쳤는지 모르겠다. 내 몸이 아프니 어쩔 수 없는 노릇이었지만 유치원, 학교가 끝나고 돌아오면 TV 모니터와 스마트 폰에 빠진 아이들을 보며 죄책감에 휩싸였다. 아픔으로 인해 방치하는 느낌이 들어 자책하는 시간이 늘었다. 어느 날은 많이 지쳐 쉼이 필요한 나를 토닥였다. 다른 날은 힘에 부쳐 아이들과 놀아줄 수 없는 마음의 불편함을 이기지 못하고 스스로를 책망했다.

둘째 아이의 언어 발달 지연이 내가 아파 제대로 돌보지 못한 게 원인이라며 나의 책임으로 돌리는 말들에 속상했다. 그런데도 딱히 아니라고 말하지 못하는 내 모습에 씁쓸했다. 통증이 심하지 않은 날에는 아이들과 산책하고 놀이터에 갔다. 아픈 중에도 웃음을 잃지 않으려 했고 아이들과 보내는 시간을 더욱 소중히 여겼다. 아픈 몸으로 아이들에게 줄 음식을 만들고 아이들 행사에 꼬박꼬박 참여했다. 나만 아는 최선을 다하며 사랑을 표현하려 애썼지만, 아픈 엄마를 둔 아이들에게 항상 미안함이 가득했다.

아이들에 대한 죄책감, 최선을 다하면서도 아픈 엄마로서 부족해 보이는 서러움, 그 안에서 오는 아이들에 대한 안타까움. 통증으로 오는 죽음에 대한 두려움, 암이라는 이름에서 느낄 수밖에 없는 불안. 이 모든 것들을 혼자 감당해야 하는 외로움. 어디에도 말하기 힘든 상황을 이해받고 마음을 터놓을 수 있는 대나무 숲이 투병 기간 줄곧 간절했다. 마음이 괴로운 일이 있을 때 어떠한 상황이든 무조건 내 편이 되어주는 존재가 있다는 건 큰 힘이 된다. 세상 무엇보다 든든하다. 나에게 그런 사람이 없었기에 더 입을 꾹 닫고 사는 삶을 선택했는지 모른다. 어떤 말을 털어놓아도 나의 편이 되어줄 든든한 사람. 나는 아이들에게 그런 존재가 되었는지 스스로에게 물었다. 앞으로 살아갈 날이 많다는 생각에 '이따가' 또는 '다음에'로 아이들의 말을 듣지 않고 넘겨 버렸던 기억들이 떠올랐다.

어디에도 털어놓지 못하는 내면 깊숙한 이야기, 작고 소소한 이야기들을 스스럼없이 말할 상대는 필요하다. 일반적으로 모두에게 있다고 생각하는 엄마가 나는 함께하지 않았기에 혼자 세상에 떨어진 듯 늘 허무했다. 40년 동안 내 이야기를 털어놓을 대나무 숲과 같은 존재가 없었기에 살아오며 쓸쓸하고 외로웠다. 생일마다 엄마가 차려주는 생일상을 받는 아이들을 보며 부러웠고 첫 생리 때는 어떻게 해야 할지 물어볼 사람이 없어 난감했다. 가슴이 발달할 때 제때 맞는 속옷을 하지 못해 수치스러움을 겪어야 하는 일도 있었다. 오랜 시간 비어 있던 엄마의 빈자리는 시간이 지날수록 더 선명해졌다. 무엇보다 사는 동안 나의 이야기를 들어주고 조언해 줄 버팀목이 없어 참 퍽퍽한 삶이었다.

잔에 물이 가득 담겨 있을 때 손가락 끝으로 살짝 튕기기만 해도 물은 넘친다. 내 안에 슬픔과 근심이 가득해 찰랑거릴 때 누군가 전하는 '힘들었지?'라는 한마디에 눈물이 흐른다. 가득 찬 잔에 물이 넘치지 않게 따라내듯 슬픔도 비워내야 한다. 삶이 버겁고 고단할 때 내 이야기를 들어주는 한 사람만 있어도 상처와 아픔을 이겨낼 수 있다. 살아가며 나의 이야기를 들어 줄 대나무 숲과 같은 존재가 있다는 건 고마운 일이다. 고마운 존재로 인해 팍팍한 삶이 조금은 부드러워지고 유연하게 살 수 있는 힘을 갖는다. 몸과 마음이 지쳤을 때 다가가 털어놓을 사람이 있고 기댈 사람이 있다는 건 살아갈 의지를 찾게 한다. 깊은 곳에 쌓인 아픈 마음도 누군가에게 들은 상처의 말도 대나무 숲에 털어내야 살아갈 수 있다. 털고 나면 비로소 숨이 좀 쉬어진다.

엄마에게서 태어나 엄마로 죽는다는 건 대나무 숲을 찾아 태어나 누군가의 대나무 숲이 되어주는 삶이 아닐까.

> #
>
> 누군가의 대나무 숲이 되어주는 삶. 당신은 어떻게 생각하시나요?
>
> --------------------------------------------------
>
> --------------------------------------------------

$$\textbf{0}$$

# 10년 전
# 그리고 10년 후

"오늘을 살아가세요. 눈이 부시게. 당신은 그럴 자격이 있습니다. 누군가의 엄마였고, 누이였고, 딸이었고, 그리고 나였을 그대들에 게."

— 드라마 <눈이 부시게>에서

10년 전 그대는 대학을 갓 졸업하고 직장 생활을 시작했을 지 모른다. 자유와 젊음을 즐기다 서툰 사회생활에 적응하기 위해 하루하루 고단한 삶을 살았을 것이다. 한편으론 대단한 커리어를 꿈꾸며 뭐든 이룰 수 있으리라 자신감이 충만했을 수도 있다. 언제 올지 모를 사랑을 기다리며 사랑하는 사람 과 행복한 미래를 상상했을 것이다.

10년 전 그대는 행복한 결혼생활을 만끽하고 있었을 수도 있다. 사랑하는 사람을 만나 결혼하고 막 아이를 낳았을 것이다. 혼자만 하는 육아에 투덜대다가도 아이 웃음소리에 입꼬리가 올라갔을 수도 있다. 어쩌면 심한 산후우울증으로 남들보다 힘든 시간을 보냈을지도 모른다. 한 생명을 키운다는 건 참으로 어려운 일인데 낮잡은 대우를 받으며 속상한 마음을 삼켰을지 모른다. 아이와 단둘이 지내는 매일 매일에 지쳐 아이가 울 때 같이 울고 싶어도 아이가 놀랄까 등 뒤로 숨죽여 눈물 흘리며 참아냈을 것이다.

10년 전 그대는 사춘기 아이들과 함께였을 수도 있다. 엄마가 사랑으로 최선을 다해 보살핀 시간을 모르는 건 아이인데 오히려 엄마는 아무것도 모른다며 쏟는 매서운 말들에 마음 아파했을지 모른다. 남편도 자식도 전부 내 맘 같지 않은 모습에 속이 상해 '다 내려놓자. 아무것도 안 한다.' 말했지만 아침이면 밥 먹으라고 가족들을 깨우는 사랑이 가득한 엄마였을 것이다.

10년 전 그대는 아이들을 잘 키워놓고 갑자기 오는 외로움에 당황했을 수도 있다. 수많은 갱년기 증상에 몸은 여기저기 아프고 우울감과 분노가 오르락내리락하는 기분을 어찌할지 몰랐을 것이다. 예전과 같지 않은 신체 노화를 느끼면서도 너무 나이 들어 버린 부모님을 걱정했을 것이다. 그리고 듬직했던 남편의 어깨가 작아지는 모습에 측은함을 느껴 말 한마디라도 따뜻하게 해주려 노력했을 것이다.

10년 전 모두 각자의 자리에서 일상을 이어가며 하루하루 살았을 것이다. 전부 만족하지 못해도 이만하면 좋다 생각하기도 하고 버티기 힘든 날은 복잡한 마음이 지나가길 기다렸을 수도 있다. 때로는 가족과 함께 행복하면서, 때로는 혼자 있기를 바라기도 하면서.

아내로, 엄마로, 딸로, 며느리로 관심을 두고 세심히 신경써야 하는 모든 일에 충실하면서도 누군가는 결혼이란 제도는 나와 맞지 않는 건가 고민했을 수도 있다. 주어진 의무에 허덕이면서 책임을 다하고, 그러면서도 게으르다 착각하고 자책했을지도 모를 일이다. 10년이 지난 후에도 여전히 남편에게 다정한 아내, 아이들에게 따뜻한 엄마, 부모님을 살뜰히 챙기는 딸, 며느리로 남길 바랐을 것이다.

각자 정해진 환경에서 다른 듯 비슷한 삶을 살다 어느 날 암이라는 질병에 맞닥뜨려져 같은 상황을 만났다. 10년 전 나이가 몇 살이었든, 무엇을 했든, 어떤 가치관이 있었든 지금은 암이라는 질병을 겪으며 우리만 아는 아픔을 가졌다. 평화로움을 일깨워 주기라도 하듯 어느 날 암에 걸렸지만 고맙게도 삶은 이어졌다.

말은 '잠시 쉬었다 간다.' 하면서 살기 위해 더 치열해졌다. 투병 기간을 거치며 더 잘 살자고 다짐한다. '다시 태어났다. 덤으로 주어진 인생이다.' 외치며 부정의 감정은 들어올 틈을 막아버린다. 어디를 가도 새롭게 주어진 삶이라 생각하며 2배, 3배 행복을 느껴야 할 것 같은 기분으로 산다. 무엇을 먹어도 더 맛있게 먹어야 할 것만 같다. 건강히 살기 위해 매일 운동하고 인증한다. 나는 암에 걸렸지만 극복하고 열심히 살고 있다고 보여주고 말해줘야 할 것 같기도 하다. 혹시라도 생각과 몸이 느슨해지면 건강한 다른 사람들을 떠올리며 '나도 열심히 식단 관리하고 운동해야지.' 하며 동기를 부여받는다. 그러다 어느 날은 이게 다 무슨 소용인가 허탈해진다. 건강에 유난 떠는 게 아닌가 생각이 들기도 한다. 다 내려놓고 몸을 좀 편안히 하려 하면 마음이 요동친다.

"왜, 또다시 아파봐야 정신 차릴래?"

스스로 채찍질에 바쁘다. 서럽다. 나의 채찍질도 남의 채찍질도. 불안한 마음을 들키지 않으려 씩씩한 척한다. 뜬금없이 찾아온 암이 다시 느닷없이 찾아와 평온한 삶을 뒤흔드는 건 아닐지 두렵지만 늘 그랬듯 괜찮은 척한다. 남편을 챙기는 아내로, 에너지 넘치는 엄마로, 딸, 며느리로, 내 몫을 해내야 하는 여자로. 슬픔이 와도, 아픔이 있어도, 불안에 떨려도, 두려움에 벗어나고 싶어도 제 자리를 지킨다. 복잡한 마음을 숨기고 내 자리에서 할 일을 해낸다.

모두가 그렇듯 '건강이 최고다, 건강을 잃으면 다 잃는 거다.' 말하면서 재테크에 성공한 사람들에게 관심을 두고 뒤처지지 않을까 전전긍긍한다. 도태되지 않으려 자기계발에 힘쓰면서 온갖 끌어당김에 지칠 때도 있다. '사는 게 이렇게 치열한가.' 했다가, 개똥밭에 굴러도 저승보다 이승이 낫다는 산 사람들이 만든 옛말에 고개를 끄덕거린다. 살아 있으니 맑은 공기를 느끼고 밝은 햇빛을 보고 향긋한 꽃 내음을 맡을 수 있는 거 아니냐며 다시 마음을 가다듬는다. 우주의 먼지 같은 존재라도 사랑하는 사람들 곁에서 행복을 느낄 수 있으니, 그것으로 된 거 아니겠냐며 살아갈 힘을 얻는다. 보이지 않는 수많은 사연과 아픔들이 가슴에 응어리로 가득 메어있지만, 하루를 살아가기 위해 애쓴다.

사람에겐 상처뿐이라면서 약속을 잡고, 이번엔 뭘 배워 볼까? 온라인 수업 모집을 뒤적거린다. SNS에서 쏟아지는 잘난 사람들 속에서 의기소침하다 '나 정도면 괜찮은 거 아닌가.' 으쓱하기를 반복한다. 중요하지만 하찮게 보이는 집안일에 연연하고 매우 중요하지만 사소해 보이는 아이들을 챙기는 일을 게을리하지 않는다. 가정의 중심에서 가족을 위해 수많은 잡다한 일들을 처리한다.

이제 삶에는 행복만 있는 게 아니라는 걸 안다. 내 삶도 세상도 꾸준히 변화한다. 닥치는 불행에 좌절을 겪으며 깊은 어둠에 잠겨 있다가 반짝이는 눈부신 햇살에 하루만 더 살기를 바란다. 이 세상에 온 자체가 내 역량에 한참 부족하다고 생각될 만큼 버거워질 때도 있다. 그럴 땐 글자가 빼곡한 종이 뭉치에 위안을 얻고 권선징악, 해피엔딩 드라마에 웃기도 한다. 좋아하는 노래에 감동하고 맛있는 음식을 먹으며 작고 소소한 행복을 느낀다. 그리고 가족들 웃음소리에 마음이 놓인다. 10년 전의 나는 이 순간을 기다렸을까? 지금의 나는 10년 후를 기다린다. 지금 이대로, 그대로.

당신의 10년 후, 어떤 모습이 기다리고 있길 바라시나요?

-------------------------------------------------------------

-------------------------------------------------------------